안토니오 타부키는 1943년 9월 24일 이탈리아 피사에서 태어나, 포르투갈 시인 페르난두 페소아의 영향을 받아 포르투갈어와 문학을 공부했다. 베를루스코니 정부를 향해 거침없는 발언을 했던 유럽의 지성인이자 노벨상 후보로 거론되던 걸출한 작가이면서 페소아의 중요성을 전 세계에 알린 번역자이자 명망 있는 연구자 중 한 사람이다. 『이탈리아 광장』(1975)으로 문단에 데뷔해 『인도 야상곡』(1984)으로 메디치 상을 수상했다. 정체불명의 신원을 추적하는 소설 『수평선 자락』(1986)에서는 역사를 밝히는 탐정가의 면모를, 페소아에 관한 연구서 『사람들이 가득한 트렁크』(1990)와 포르투갈 리스본과 그의 죽음에 바치는 소설 『레퀴엠』(1991), 『페르난두 페소아의 마지막 사흘』(1994)에서는 페소아에 대한 열렬한 애독자이자 창작자의 면모를, 자기와 문학적 분신들에 대한 몽환적 여정을 쫓는 픽션 『인도 야상곡』과 『꿈의 꿈』(1992)에서는 초현실주의적 서정을 펼치는 명징한 문체미학자의 면모를, 평범한 한 인간의 혁명적 전환을 이야기하는 『페레이라가 주장하다』(1994)와 미제의 단두 살인사건 실화를 바탕으로 쓴 『다마세누 몬테이루의 잃어버린 머리』(1997)에서는 실존적 사회역사가의 면모를, 움베르토 에코의 지식인론에 맞불을 놓은 『플라톤의 위염』(1998)과 피렌체에 사는 발칸반도 집시를 통해 이민자 수용 문제를 전면적으로 건드린 『집시와 르네상스』(1999)에서는 저널리스트이자 실천적 지성인의 면모를 살필 수 있다. 20여 작품들이 40개국 언어로 번역되었고, 주요 작품들이 알랭 타네, 알랭 코르노 등의 감독에 의해 영화화되었으며, 수많은 상을 휩쓸며 세계적인 작가로 주목받았다. 국제작가협회 창설 멤버 중 한 사람으로 활동했으며, 시에나 대학에서 포르투갈어와 문학을 가르쳤다. 2012년 3월 25일 예순여덟의 나이로 두번째 고향 포르투갈 리스본에서 암 투병중 눈을 감아, 고국 이탈리아에 묻혔다.

인도 야상곡

인문 서가에 꽂힌 작가들

안토니오 타부키 선집 6

박상진 옮김

인도 야상곡

Antonio Tabucchi
Notturno Indiano

문학동네

Notturno Indiano
by Antonio Tabucchi

안토니오 타부키 선집을 펴내며

박상진
부산외국어대학교 이탈리아어과 교수

이탈리아 작가 안토니오 타부키Antonio Tabucchi(1943~2012)는 현대 작가들 중에서 단연 독특한 위치에 있다. 그의 창작법과 주제는 남다르다. 그의 글을 읽으면 우선 서술기법의 특이함에 매료된다. 그의 글에서는 대화를 따옴표로 묶어 돌출시키지 않고 문장 안에 섞는 경우가 많다. 그러나 잘 들린다. 물속에서 듣는 느낌, 옛날이야기를 듣는 느낌, 그러나 말의 날이 도사리고 있는 느낌이다. 그렇게 인물의 목소리는 화자의 서술 속으로 녹아들면서 내면 의식의 흐름으로 변환된다. 그러면서 그 내면 의식이 인물의 것인지 화자의 것인지 잘 구분되지 않는다. 마치 라이프니츠의 단자처럼, 외부가 없이 단일하면서 다양한 존재 방식으로 세계를 이해하려는 듯 보인다. 독자가 이러한 창작 방식을 장편으로 견디기는 쉽지 않다. 그래서인지 그의 글들은 대부분 짧다.

타부키는 콘래드, 헨리 제임스, 보르헤스, 가르시아 마르케스, 피란델로, 페소아와 같은 작가들의 영향을 받았다. 특히 피란델로와 페소아처럼 그의 인물들은 다중인격의 소유자로 나타나며, 그들이 받치는 텍스트는 수수께끼와 모호성의 꿈같은 분위기 속에서 자유연상의 메시지를 실어나른다. 또 지적인 탐사를 통해 이국적 장소를 여행하거나 정신적 이동을 하면서 단명短命한 현실을 창조한다. 이 단명한 현실은 부서진 꿈의 파편처럼, 조각난 거울 이미지처럼, 혹은 끊어진 필름의 잔영처럼 총체성을 불허하는 '지금 여기'의 현실을 반영한다. 텍스트 바깥에서든 안에서든 그는 머물지 않는다.

움베르토 에코를 비롯하여 세계적으로 알려진 생존하는 이탈리아 작가들이 사회와 정치에 대한 의식이 부족하다는 비판을 받는 것과 대조적으로 타부키는 이탈로 칼비노와 엘사 모란테, 알베르토 모라비아, 레오나르도 샤샤와 같이 사회와 역사, 정치에 거의 본능적으로 개입했던 바로 앞 세대 작가들의 노선을 이어받았다. 개성적인 상상의 세계를 독특하게 펼쳐내면서도 그 속에서 무게 있는 사회역사적 의식을 담아내는 데 성공한 것이다. 소설과 수필의 형식을 통해 상상의 세계를 그려내는 측면뿐만 아니라 사회 현실과 철학적 화두를 에세이 형식으로 펼쳐내는 존재론적, 실천적 문제 제기는 신랄하면서도 깊은 울림을 지닌다.

타부키의 텍스트는 탄탄하고 깔끔하다. 군더더기가 없다. 넘치지도 모자라지도 않는다. 의식은 텍스트에서 직접 표출되지 않는다. 그보다는 인물의 심리, 내적 동요, 열망, 의심, 억압, 꿈, 실존의식과 같은 것들의 묘사를 통해 떠오른다. 바로 그 점이 그의 텍스트를 열린 것으로 만들어준다. 그의 텍스트는 전후의 시간적, 논리적, 필연적 인과성을 결여한 채, 서로 분리되면서도 연결되는 구조로 되어 있다. 그래서 독자는 중간에 머물 수도 있고, 일부를 건너뛸 수도 있으며, 거꾸로 읽을 수도 있을 것이다. 작가는 독자가 자유롭게 읽을 수 있도록 배려를 아끼지 않는다. 그러나 독자에게 대답을 찾는 퍼즐을 제시하기보다는, 계속해서 물음을 떠올리고 스스로의 퍼즐을 만들어나가도록 한다. 타부키의 텍스트가 퍼즐로 이루어진 것은 맞지만 그 퍼즐은 또다른 퍼즐들을 생산하는 일종의 생산 장치이며 중간 기착지인 것이다. 그 퍼즐들을 갖고 씨름하면서 독자는 자기를 둘러싼 사회와 역사의 현실들, 그리고 그 현실들을 투영하는 자신의 내면 풍경들을 조망하게 된다.

타부키는 이탈리아에서 태어나 교육을 받았지만 평생 포르투갈을 사랑했고 포르투갈 여자를 아내로 삼았으며 포르투갈의 문화를 연구하고 소개했다. 피사 대학에서 포르투갈 문학을 전공했고 리스본의 이탈리아 대사관에서 일했으며 시에나 대학에서 포르투갈 문학을 가르쳤고 페르난두 페소아의 작품을 번역했다. 또 그의 작품들 상당수는 문학, 예술, 음식에 이르기까지 포르투갈의 흔적들로 채워져 있다. 포르투갈은 그에게 영혼의 장소, 정념의 장소, 제2의 조국이었다. 타부키는 거의 일생 동안 그 땅은 자신을 받아들였고 자신은 그 땅을 받아들였다고 고백한다. 그는 그의 깊숙한 곳에 자리한, 그도 그 깊숙이 자리하고 있는, 그러한 나라를 평생 기억하고 묘사한다.

포르투갈의 흔적은 타부키에 대해 비교문학적인 자세와 방법으로 접근할 것을 요구한다. 타부키 스스로가 대학에서 비교문학을 가르친 비교문학자였다. 비교는 경계를 넘나들면서 안과 밖을 연결하고 또한 구분하도록 해준다. 포르투갈에 대한 타부키의 관심은 은유적인 것에 그치지 않는다. 그는 포르투갈의 정체성을 탐사하면서 그로써 이탈리아의 맥락을 환기시킨다. 최종 목적지가 어느 한 곳은 아니지만, 타부키가 포르투갈을 이탈리아의 국가적, 지역적 정체성의 문제를 검토하는 무대로 사용한 것은 틀림없다. 또 그 자신이 서구인임에도 영어권을 하나의 중심으로 놓고 스스로를 주변인으로 인식하는가 하면, 포르투갈의 입장에 서서 유럽을 선망의 대상이자 극복의 대상으로 보기도 한다.

이번에 선보이는 '안토니오 타부키 선집'에 포함된 소설과 에세이는 주로 1990년대 전후에 발표된 것들이다. 이 시기는 타부키가 활발하게 활동한 기간이기도 하지만, 세계사적 차원에서 이념적, 경제적, 정치적으로 급격한 변화가 있었던 시대였고, 이탈리아도 예외는 아니었다. 그러나 타부키가 정작 관심을 둔 것은 현실 그 자체라기보다는, 그 현실이 개인의 내면과 맺는 관계와 양상이었다. 바로 이 때문에 그의 글은 독자로 하여금 깊은 울림을 체험하게 한다. 소설뿐만 아니라 에세이 형식으로 상상의 세계와 함께 이론적 논의를 풍성하게 쏟아낸 그의 글들 역시, 역사와 현실에 대한 지식인적 대결의 자유로우면서 진지한 면모를 보여준다.

'안토니오 타부키 선집'과 더불어 현대 이탈리아 문학의 한 단면이 지닌 정신적 깊이와 실천적 열정을 독자들 역시 확인할 수 있기를 바란다.

안토니오 타부키 선집을 펴내며

잠 못 이루는 사람들은 많든 적든 죄책감을 가지고 있는 것 같다.
그들은 무엇을 하는가? 그들은 밤을 존재하게 한다.
모리스 블랑쇼

일러두기

1 이 책은 다음의 원서를 완역한 것이다:
Antonio Tabucchi, *Notturno Indiano*, Palermo: Sellerio Editore, 1984.

2 본문의 주는 모두 옮긴이 주다.

3 원서에서 이탤릭체 문장은 고딕체로, 대문자로 강조한 부분은 작은따옴표로 묶어 표시했다.

4 인도 지명은 원서에 적힌 대로 하되, 12쪽에서 현 지명을 괄호로 명기해두었다.
예) 봄베이(현 뭄바이)

5 단행본이나 신문은 『 』, 기사나 논문은 「 」, 그림이나 노래 등은 〈 〉로 표시했다.

작가의 말

이 책은 불면을 위한 책이면서 또한 여행의 책이다. 불면은 이 책을 쓴 사람의 것이고, 여행은 여행한 사람의 것이다. 이 이야기의 주인공이 여행한 장소들을 나도 가본 적이 있기에, 이런저런 장소들을 간단하게 안내해도 좋을 것으로 생각했다. 어떤 지형 일람표 같은 것이 현실이 소유하는 힘과 합쳐져 '그림자'를 찾아나서는 이 '야상곡'에 어느 정도 빛을 비춰줄 수도 있다는 희망에서, 얼핏 그런 환상을 품었을지도 모르겠다. 또는 있을 법하지 않은 여정을 좋아하는 사람들이라면 언젠가 길잡이로 삼을지도 모른다는 근거 없는 추측에서 여행지의 일람표를 만들 생각을 했을 수도 있겠다.

이 책에 나오는 장소들의 일람표

1 카주라호 호텔. 수클라지 거리, 번지 미상, 봄베이(현 뭄바이).
2 브리치캔디 병원. 부라바이데자이 도로, 봄베이.
3 타지마할 인터콘티넨털 호텔. 게이트웨이오브인디아, 봄베이.
4 기차 대합실. 빅토리아 역, 중앙철도, 봄베이. 유효 기차표나 인드레일 패스 소지자에 한해 숙박 가능.
5 타지코로만델 호텔. 눈감바캄 로드 5번지, 마드라스(현 첸나이).
6 신지학협회. 아디아르 로드 12번지, 아디아르, 마드라스.
7 버스 정류소. 마드라스-망갈로르 구간, 망갈로르에서 약 50킬로미터 지점, 명칭 불명의 장소.
8 S. 보아벤투라 교구 단체. 칼랑구트-파나지 로드, 벨랴고아, 고아.
9 주아리 호텔. 스와타트리야 골목, 번지 없음, 바스쿠다가마, 고아.
10 칼랑구트 해변. 고아의 파나지에서 약 20킬로미터.
11 만도비 호텔, 반도드카르 마르그 28번지, 파나지, 고아.
12 오베로이 호텔. 보그말로 해변, 고아.

차례

1

택시 기사는 수염을 뾰족하게 기르고 머리에는 터번을 둘렀으며 짧은 말총머리를 흰 리본으로 묶었다. 내가 보는 안내서에 정확히 그런 모습으로 묘사되어 있어서인지 시크교[1] 교도라는 생각이 들었다. 『인도, 서바이벌 여행 정보』라는 안내서였다. 무엇보다 호기심이 나서 런던에서 구입한 책인데, 상당히 기이하고 첫눈에도 과도하게 보이는 인도 관련 정보가 들어 있었다. 나중에야 그 책이 얼마나 유용한지 알게 되었다.

그 기사가 경적을 부서져라 눌러대면서 너무 급하게 운전하는 것이 영 편치 않았다. 걸어가는 사람들 옆을 일부러 아슬아슬하게 스쳐간다는 느낌도 들었고 내내 야릇한 미소를 짓고 있는 것도 마음에 들지 않았다. 오른손에 검은 장갑을 끼고 있었는데, 이것도 마음에 들지 않았다. 해안도로로 접어들어서야 차분해져서는 바다를 바라보며 달리는 차량 행렬 속으로 얌전히 끼어들었다. 기사가 장갑을 낀 손으로 바다를 따라 늘어선 야자나무와 활처럼 구부러진 해안을 가리켰다. "저게 트로베이죠." 그가 말했다. "바로 앞에 엘레판타 섬이

1 인도의 펀자브 지방을 중심으로 일어난 힌두교의 한 종파.

있는데, 보이지는 않습니다. 정말 가볼 만해요. 게이트웨이오브인디아[2]에서 한 시간 간격으로 배가 뜹니다."

나는 어째서 해안도로를 달리고 있는지 물었다. 봄베이[3]에 대해 아는 게 없지만, 무릎에 지도를 펴놓고 자동차 경로를 짚어봤다. 내가 찍은 곳은 말라바르 언덕과 초르라고 하는 골동품 시장이었다. 숙소가 그 두 지점 사이에 있으니 해안도로로 갈 필요가 없었다. 우리는 완전히 반대 방향으로 가고 있었다.

"말씀하신 숙소는 지저분한 동네에 있습니다." 운전기사가 곰살궂게 말했다. "물건이 형편없어요. 봄베이에 처음 오시는 분들은 추천해드리고 싶지 않은 곳으로 가시는 경우가 많거든요. 손님처럼 점잖은 분께 어울리는 호텔로 제가 모셔다드리겠습니다." 기사는 창밖으로 침을 뱉더니 한쪽 눈을 찡긋해보였다. "물이 참 좋습니다." 그러면서 모종의 속뜻이 담긴 끈적끈적한 웃음을 지어보였는데, 그게 또 영 비위에 거슬렸다.

"내려주시오." 내가 말했다. "당장 내려줘요."

그는 고개를 돌려 비굴한 표정으로 바라보며 말했다. "그럴 수가 없습니다. 여긴 차가 많아서요."

"상관없어요. 내려야겠소." 나는 차문을 열고, 열린 문을 단단히 잡고서 그렇게 말했다.

그가 급하게 차를 세우더니 뭔가 장황하게 떠들어대기 시

2 1911년 영국의 조지 5세와 메리 왕후의 델리 방문을 기념해 뭄바이 남쪽 해안에 세운 기념물로, 배를 타고 뭄바이로 들어올 경우 가장 먼저 도착하는 항구의 첫 관문.

3 국제무역항과 국제공항이 있는 인도 최대의 도시. 1995년 11월 '뭄바이'로 개칭되었다.

작했는데, 마라티어[4]를 쓰는 것이 확실했다. 분명 심하게 화를 내는 모습이었고, 드러낸 이 사이로 튀어나오는 말들이 점잖아 보이지 않았지만, 나는 전혀 개의치 않았다. 작은 여행가방 하나만 딸랑 옆에 끼고 있었기에, 기사가 가방을 꺼내준답시고 차에서 내릴 필요조차 없었다. 나는 백 루피 지폐 한 장을 남기고 해안도로 옆 황량한 보도로 내렸다. 해안에는 종교행사가 진행중인지 아니면 장이 섰는지 모르지만, 나로서는 잘 파악이 안 되는 뭔가를 앞에 두고 인산인해를 이루고 있었다. 낮은 돌담 위에 널려 있는 부랑자들과 잡동사니를 파는 어린애들, 그리고 거지들이 해안을 따라 우글거렸다. 모터를 단 인력거들도 줄지어 있었다. 나는 모페드에 매달린 노란색 상자 같은 것에 올라타서, 왜소한 운전기사에게 호텔 이름을 크게 외쳤다. 운전사는 스타터 페달에 발을 얹더니 전속력으로 차량 행렬에 끼어들었다.

케이지 지구는 상상하던 것보다 훨씬 형편없었다. 어느 유명 사진작가의 사진들에서 그곳을 본 적이 있었기에 인간의 비참한 상황에 직면할 준비야 되어 있다고 생각했으나, 사진은 어디까지나 피사체를 장방형에 가둬둔 것이다. 프레임 바깥의 피사체는 언제나 또다른 무엇이다. 게다가 그 피사체는 너무 지독한 냄새를 풍기고 있었다. 아니, 너무나 많은 냄새를 풍기고 있었다.

거리에 들어섰을 때 황혼이 드리워지고 있더니, 어느 길을 지날 무렵 열대지방에서 흔히 그러듯 갑자기 어둠이 내렸다. 케이지 지구를 깔고 앉은 대부분의 건물들은 나무와 돗자리

4 스물세 개의 인도 공용어 중에서 네번째로 많이 쓰이는, 마하라슈트라 주의 공용어.

용 골풀들로 지어졌다. 널빤지를 이리저리 붙여 만든 판잣집에서 매춘부들이 틈새로 머리를 내밀고 있었다. 그런 판잣집들 중에서는 초소 막사와 별반 다르지 않은 크기의 것도 있었다. 한쪽에는 넝마를 커튼처럼 드리운 움막들도 있었는데, 가게인지 뭔지 모르겠지만 어쨌든 뭔가를 파는 듯 석유램프에 불이 켜져 있었고, 그 앞에 사람들이 무리를 지어 옹기종기 서 있었다. 오직 카주라호 호텔에만 조명을 밝힌 작은 간판이 붙어 있었고, 벽돌 건물들이 늘어선 길가 모퉁이로 난 호텔 로비는, 그렇게 불릴 수 있는지는 모르겠는데, 분위기는 그만그만했지만 지저분하지는 않았다. 어둠침침한 조그만 방이었다. 영국의 펍에서 볼 수 있는 키 높은 계산대가 하나 있었고, 그 양쪽 끝으로는 붉은 갓을 씌운 스탠드가 두 개 놓였으며, 늙은 여자 하나가 안쪽에 서 있었다. 여자는 강렬한 색의 사리[5]를 입었고 손톱에는 푸른색 매니큐어를 칠했다. 이마에 인도 여자들이 보통 하고 다니는 점을 붙였지만, 얼핏 보기에는 서양 여자 같기도 했다. 나는 여자에게 여권을 보여주며 전보로 방을 예약했다고 말했다. 여자는 고개를 끄덕이더니 대단히 주의를 기울이고 있다는 시늉을 하며 여권에서 내 신상을 옮겨 적었다. 그러고 나서 서명하라며 장부를 내밀었다.

"욕실이 있는 방을 드릴까요, 아니면 없는 걸로 할까요?" 여자가 물으며 요금을 늘어놓았다.

나는 욕실이 딸린 방을 달라고 했다. 그녀의 발음에서 미국식 악센트가 묻어나는 것 같았지만 굳이 묻지는 않았다.

여자는 방 번호를 말하면서 열쇠를 내밀었다. 투명한 셀룰

5 면이나 견으로 재단 없이 만들어 걸치는 인도 여성의 전통 의상.

로이드로 된 열쇠 손잡이에는 호텔 분위기와 어울리는 무늬가 새겨져 있었다. "저녁을 드실 건가요?" 여자가 물었다. 그러면서 의심스러운 눈으로 날 바라보았다. 이곳은 서양인들이 별로 오지 않는 곳이구나 하는 생각이 들었다. 공항에서 전화를 건 다음에 가방 하나 달랑 들고 왔으니, 대체 여기서 뭘 하려는 것인지 의문을 가질 법했다.

나는 그렇게 하겠다고 했다. 특별히 식사를 하고 싶은 곳은 아니었지만 배가 몹시 고팠고, 이 시간에 그 거리를 배회할 수는 없는 노릇이었다.

"식당은 여덟시에 끝나요. 여덟시 이후에는 룸서비스만 되고요." 여자가 말했다.

바로 지금 식당에서 먹겠다고 했다. 여자가 나를 로비 다른 쪽에 있는 커튼 안쪽으로 데려갔다. 아치형 천장에 벽을 칙칙한 색으로 칠한 작은 방으로 들어가니, 낮은 탁자들이 놓여 있었다. 식탁들은 거의 비어 있었고 조명은 침침했다. 메뉴에는 갖가지 요리가 적혀 있었는데, 웨이터에게 이것저것 물어보자 오늘밤에는 다 떨어졌다는 답이 돌아왔다. 15번만 남아 있었다. 나는 밥과 생선에다 미지근한 맥주로 대충 식사를 하고 로비로 돌아왔다. 여자는 아직 카운터에 앉아서 거울처럼 생긴 유리판 위에 색유리 조각들을 이리저리 늘어놓는 데 정신이 팔려 있는 듯했다. 현관문 근처 구석의 작은 소파에는, 매우 검게 그을린 청년 둘이 나팔바지 양장 차림으로 앉아 있었다. 그들이 내게 관심을 두는 것 같지는 않았지만, 곧바로 묘한 불쾌감이 느껴졌다. 카운터 앞에 서서 여자가 말을 꺼내기를 기다렸다. 실제로 그녀가 말을 하기는 했다. 밋밋한 목소리로 숫자들을 우물거렸는데, 무슨 얘기인지 도저히 알아듣지 못해서 나는 다시 말해달라고 청했다. 요금이었다. 내가 유일하게 이해한 것은 맨 처음과 맨 나중 숫자였다. 열셋에서 열다섯 살까지는 삼백 루피, 그다음부터는 오십오 루피……

"애들은 이층 라운지에 있어요." 여자가 말을 맺었다.

나는 주머니에서 편지를 꺼내 거기에 적힌 이름을 보여주었다. 이름을 외우고 있긴 했지만 오해를 사지 않도록 서명된 것을 보여주기로 한 것이다.

"비말라 사르." 내가 말했다. "비말라 사르라는 아가씨를 원해요."

여자는 소파에 앉은 두 청년을 흘낏 보았다. "비말라 사르는 이제 여기서 일 안 해요. 갔어요."

"어디로 갔다는 말입니까?" 내가 물었다.

"몰라요. 하지만 걔보다 더 예쁜 애들이 있어요."

일이 좀 꼬이고 있었다. 눈을 슬쩍 돌려보니, 두 청년이 살짝 움직인 것 같았다. 아니면 그저 착각인지도 몰랐다.

"그 아가씨를 데려다주세요." 내가 재빨리 말했다. "방에 가서 기다릴게요." 다행히 주머니에 이십 달러짜리 지폐 두 장이 있었다. 그걸 색유리 사이에 놓고 가방을 받아들었다. 계단을 오르는 동안 마음속에서 두려움이 불러준 하나의 문장을 큰 소리로 외쳤다. "내 거처는 대사관에다 알려두었습니다."

방은 깨끗해 보였다. 엷은 녹색으로 칠한 벽에는 카주라호[6]

6 인도 중부에 있는 관광도시. 여기에는 신상과 남녀 조각상이 있는 석조 힌두교 사원이 있다.

의 에로틱한 조각상들처럼 보이는 그림이 걸려 있었지만, 확인해볼 생각은 그다지 들지 않았다. 굉장히 낮은 침대 옆에는 이음매가 터진 소파가 있었고 현란한 색깔의 쿠션들이 작은 산을 이루고 있었다. 침대 옆 탁상에는 뭐 때문에 만든 건지 알 수 없는 갖가지 물건이 놓여 있었다. 나는 옷을 벗고 갈아입을 속옷을 찾았다. 페인트가 칠해진 좁은 욕실에는 창문이 없었고, 문에는 코카콜라 병에 올라탄 금발 여자 포스터가 붙어 있었다. 누렇게 뜬 포스터는 벌레 자국으로 얼룩덜룩했고, 오십년대에 유행한 마릴린 먼로 헤어스타일의 금발이 여자의 부자연스러운 인상을 더 두드러지게 만들었다. 꼭지가 없는 샤워기는 그냥 파이프만 돌출되어 있어 머리 높이에서 물이 한줄기로 쏟아져나왔다. 그래도 씻을 수 있다는 건 세상에서 가장 쾌적한 일인 것만 같았다. 비행기에서 여덟 시간, 공항에서 나와 봄베이를 가로지르는 데 세 시간이 걸린 뒤였기 때문이다.

얼마나 잤는지 모른다. 아마 두 시간쯤, 아니면 그 이상인지도. 문 두드리는 작은 소리에 깨어 기계적으로 일어나 문을 열었다. 처음에는 내가 어디에 있는지도 몰랐다. 여자애가 옷 스치는 소리를 내며 들어왔다. 작은 키에 가벼운 사리를 입었다. 땀이 흘러서 눈가 화장이 번져 내렸다. 그녀가 말했다. “안녕하세요. 제가 비말라 사르예요.” 여자애는 방 한가운데서 마치 나더러 잘 살펴보라는 듯 눈을 내리깔고 두 팔을 늘어뜨리고 서 있었다.

“난 사비에르 친구요.” 내가 말했다.

그녀가 눈을 들었다. 얼굴에 놀란 표정이 역력했다. 그녀에게서 받은 편지를 침대맡 탁자에 놓아두었는데, 그걸 보더니 눈물을 흘리기 시작했다.

"왜 그 친구가 여기까지 오게 된 거요?" 내가 물었다. "여기서 뭘 하고 있던 겁니까? 그 친구 지금 어디 있어요?"

그녀는 낮은 소리로 흐느꼈다. 내가 질문을 너무 많이 한 것 같았다.

"진정해요." 내가 말했다.

"그 편지 내가 썼다는 걸 알면 그 사람이 몹시 화낼 거예요." 그녀가 말했다.

"그럼 왜 나한테 보냈소?"

"사비에르 수첩에서 당신 주소를 발견했거든요. 한때 굉장히 친한 친구 사이였다고 알고 있어요."

"그런데 왜 그가 화를 낸다는 얘기요?"

그녀는 울음을 막으려는 듯 손으로 입을 가리며 말했다.

"나중에 가서는 이상하게 변했어요. 병에 걸렸어요."

"근데 그가 여기서 뭘 했소?"

"장사를 했어요. 몰라요. 아무런 얘기도 안 했어요. 별로 좋은 일은 아니었나봐요."

"무슨 종류의 장사라는 말이오?"

"몰라요." 그녀가 다시 말했다. "아무런 설명도 없었다니까요. 어떤 때는 며칠이고 입을 열지 않았어요. 그러다 갑자기 엄청나게 흥분하면서 분노를 폭발시키곤 했지요."

"여기는 언제 왔어요?"

"작년에요. 고아에서 왔어요. 그 사람들하고 장사를 했는데, 그러다가 병에 걸렸어요."

"그 사람들이라니요?"

"고아 사람들이요. 고아 사람들인데, 잘 몰라요." 그녀는 침대맡 의자에 앉았다. 이제는 울음을 그치고 가라앉은 듯 보였다. "마실 것 좀 주세요. 저 찬장에 리큐어가 있어요. 한 병에 오십 루피예요."

나는 찬장으로 가서 탄제린[7]으로 만든 오렌지색 리큐어가 든 작은 병을 하나 꺼냈다. "그런데 고아 사람들이 대체 누구요?" 내가 재차 물었다. "이름이든 뭐든, 뭐라도 기억해봐요."

그녀가 고개를 저으며 다시 울기 시작했다. "고아 사람들이라니까요, 정말 몰라요. 그 사람은 아팠다고요"

이런 말만 반복하다가 잠시 멈추더니 긴 한숨을 내쉬었다. "때로는 아무것에도 관심이 없어 보였어요. 저에 대해서도 말이에요. 조금이라도 흥미를 보인 건 마드라스에서 온 편지들뿐이에요. 하지만 다음날이면 전처럼 돌아갔지요."

"어떤 편지들인데요?"

"마드라스에서 온 편지들이에요." 그녀가 그걸로 충분히 알지 않느냐는 투로 천진스레 대답했다.

"그게 아니라 누구 편지냐고요. 누가 쓴 거요?" 내가 재차 캐물었다.

"모르겠어요. 어떤 단체인가, 기억이 안 나요, 나한테 보여준 적이 없었어요."

"그 친구가 답장을 하던가요?"

비말라는 잠시 생각에 잠겼다. "그래요, 답장을 했던 것 같아요. 몇 시간이고 편지를 쓰곤 했어요."

7 자그마한 빨간색 인도산 오렌지의 일종으로, 혼성주 중 하나인 리큐어를 만들기도 한다.

“부탁인데, 기억을 좀 떠올려보세요, 그 단체라는 게 뭐였지요?”

“몰라요. 연구 단체인 것 같았는데, 정말 모르겠어요.” 그녀는 다시 입을 다물었다가 이렇게 말했다. “좋은 사람이었어요. 마음 씀씀이는 좋았는데, 원래부터 팔자가 사나웠나봐요.”

그녀가 두 손을 꼭 쥐었다. 손가락이 길고 아름다웠다. 그러다 기운이 나는 표정으로 나를 바라보았다. 뭔가 기억이 난 듯했다. “신지학협회[8]였어요.” 그렇게 말하고 처음으로 웃음을 지었다.

“좋아요. 차분하게 전부 얘기해줘요. 기억나는 얘기, 해줄 수 있는 얘기는 다 해주세요.”

그녀에게 리큐어를 한 잔 더 따라주었다. 그녀는 그걸 마시고 이야기를 시작했다. 지루하고 산만하며 자질구레한 이야기였다. 그녀는 둘 사이의 이야기와 봄베이의 거리들, 바세인과 엘레판타에 놀러갔던 얘기들을 늘어놓았다. 그리고 빅토리아 가든 풀밭에 누워서 보낸 오후들, 몬순의 열대성 첫비가 쏟아지는 가운데 초파티 비치에서 즐기던 해수욕에 대해 이야기했다. 또 사비에르가 어떻게 해서 웃음을 찾았는지, 뭐 때문에 웃었는지, 둘이 황혼녘에 아라비아 해 바닷가를 산책할 때 수평선으로 지는 해를 보며 얼마나 즐거워했는지 말했다. 추하고 비참한 부분을 조심스럽게 씻어낸 이야기들이었다.

8 神智學協會. 1875년 제정 러시아 신비주의 여성 사상가 블라바츠키가 뉴욕에서 창설해 주로 인도에서 활동하는, 바라문교와 불교 교리에 입각한 세계적 절충 종교를 주창한 단체. 1878년 이 학회는 인도의 마드라스 교외에 있는 아디아르로 근거지를 옮겨 활동했으며, 19세기 말에는 인도의 여러 지방과 유럽에까지 이 학회의 지부가 설립되었다.

"사비에르는 수많은 글을 썼어요. 그러다 어느 날 다 태워 버렸어요. 바로 이 호텔에서 구리 그릇에 넣고 전부 태워버렸지요."

"왜요?" 내가 물었다.

"병에 걸렸거든요. 원래부터 팔자가 사나웠나봐요."

비말라가 떠났을 때는 이미 밤이 다 지난 무렵이었다. 나는 시계를 보지 않았다. 창문에 커튼을 치고 침대에 누웠다. 잠들기 전에 멀리서 외치는 소리가 들려왔다. 어쩌면 기도하는 소리였는지도, 아니면 떠오르고 있는 새로운 날을 위한 축원의 소리였는지도 몰랐다.

2

"이름은?"

"사비에르입니다." 내가 대답했다.

"선교사 이름 같네요?" 그가 물었다. 그리고 질문을 이어갔다. "영국인은 아니네요, 분명, 그렇죠?"

"그렇습니다." 내가 말했다. "포르투갈인입니다. 근데 선교사로 와 있던 건 아니고요, 인도에 와서 실종된 포르투갈 사람입니다."

의사는 알았다는 듯 고개를 끄덕였다. 그는 반들반들한 가발을 쓰고 있었는데, 고무로 만든 테 없는 모자처럼 생긴 것이 머리를 움직일 때마다 자리가 바뀌곤 했다. "인도에서는 수많은 사람이 실종됩니다. 그걸로 해서 지탱되는 나라예요."

"그렇겠지요." 그렇게 말하고 그를 쳐다보자 그도 나를 바라보았다. 전혀 걱정이 없는 표정이었다. 자기는 우연히 거기 있을 뿐이고 모든 것이 우연히 존재하며, 그래서 다 그렇게 되는 거 아니겠냐는 투였다.

"성을 아십니까? 때로는 도움이 될 수 있어요."

"자나타 핀투입니다. 거슬러오르면 먼 인도 핏줄이 있는데, 조상 중에 고아 사람이 있었던 것 같아요. 그 사람이 그렇게 얘기했지요."

의사는 중요한 얘기라는 듯, 그걸로 충분하다는 듯, 고개를 끄덕였다. 하지만 물론 그런 뜻은 아니었다.

"기록이라도 있겠지요. 알고 싶습니다."

의사는 거북하고 언짢은 표정으로 웃음을 지어보였다. 무척이나 하얀 치아로, 윗니 잇새가 벌어져 있었다. "기록이라……" 그가 중얼거렸다. 한순간 표정이 굳어지더니 긴장한 빛을 띠었다. 그리고 엄숙하면서도 경멸에 가까운 시선으로 나를 바라보았다. "여기는 봄베이에 있는 병원입니다. 유럽식 분류법은 잊어버리시죠. 그건 오만한 사치예요."

나는 입을 다물었고, 그도 침묵에 잠겼다. 셔츠 주머니에서 밀짚으로 만든 담뱃갑을 꺼내더니 그가 담배를 하나 집어들었다. 책상 뒤편 벽에 걸린 커다란 시계는 일곱시를 가리킨 채 멈춰 있었다. 그걸 바라보고 있었더니 그가 내 생각을 짚어냈다. "멈춘 지 오래됐습니다. 어쨌든 밤이 깊었군요."

"압니다." 내가 말했다. "여덟시부터 당신을 기다리고 있었어요. 당직 의사가 아마 당신밖에 날 도울 사람이 없을 거라고 하더군요. 기억력이 비상하시다고요."

의사는 다시 예의 그 쓸쓸하고 거북한 웃음을 지어보였다. 내가 또 실수를 했구나 하는 생각이 들었다. 기억이 좋다는 게 이런 곳에서는 좋은 일이 아닌 것이다.

"당신 친구였나요?"

"그런 셈이지요." 그가 답했다. "옛날에 말입니다."

"입원한 게 언제였지요?"

"일 년쯤 됐습니다. 몬순이 끝나갈 무렵이었던 것 같아요."

"일 년이면 긴 시간이지요." 그가 잠시 말을 멈췄다가 이었다. "몬순은 최악의 시기입니다. 정말 환자들이 수도 없이 밀려들거든요."

"그렇겠군요." 내가 답했다.

그는 두 손으로 머리를 감싸쥐었다. 생각을 하거나 아니면 몹시 피곤한 듯 보였다. "짐작하지 못하실 겁니다. 사진은 갖고 계신가요?"

간단하고 실용적인 질문이었지만, 대답할 길이 막연했다. 기억의 무게를 느끼면서도 뭔가 꼭 짚어낼 수가 없었던 탓이다. 요컨대 사람들은 얼굴에서 무얼 기억한단 말인가? 사진은 없었다. 기억만 있었다. 그런데 나의 기억은 오로지 나의 기억일 뿐이고, 묘사할 수가 없는 그런 것이었다. 그것이 사비에르의 얼굴에 대해 내가 지니고 있던 인상이었다. 나는 기운을 내어 대답했다. "나처럼 키가 크지요. 마르고 직모에, 나이도 내 또래고, 선생님 같은 분위기를 가끔 풍깁니다. 웃으면 쓸쓸해 보이거든요."

"그렇게 자세한 묘사는 아니군요. 뭐, 됐습니다. 자나타 핀투라는 사람은 기억나지 않네요, 적어도 지금은요."

우리는 칙칙한 회색의 을씨년스러운 방에서 대화를 나누고 있었다. 한쪽 벽에는 커다란 시멘트 물받이가 있었다. 세면대처럼 보이는 그곳에는 서류들이 무더기로 쌓여 있었다. 그 옆에는 긴 탁자가 있었는데, 거기에도 서류들이 수북했다. 의사는 일어나서 그쪽으로 향했다. 발을 저는 듯 보였다. 그는 탁자의 서류들을 뒤적이기 시작했다. 멀리서 보니 노트 종이들과 누런 포장지라는 느낌이 들었다.

"제 기록들이지요." 그가 말했다. "이름들이 상당히 많습니다."

나는 그의 책상 앞을 지키고 앉아서 그 위에 놓인 얼마 안 되는 물건들을 바라보고 있었다. 런던의 타워브리지가 돋을새김으로 되어 있는 작은 유리구슬과 스위스 오두막처럼 보이는 집 사진이 끼워진 액자가 있었다. 어울리지 않는다는 생각이 들었다. 오두막 창문으로 여자의 얼굴이 하나 보였으나, 사진은 퇴색했고 윤곽도 흐릿했다.

"마약을 한 건 아니지요, 그 사람?" 의사가 방 저편에서 물었다. "마약중독자는 받지 않습니다."

나는 입을 다문 채 고개를 저었다. 그러고 나서 대답했다. "아닐 겁니다. 모르겠지만, 마약은 하지 않았을 거예요."

"그런데 어떻게 그분이 병원에 왔다는 걸 아셨습니까? 분명 사실이에요?"

"카주라호 호텔의 한 매춘부가 말해줬습니다. 작년에 그 친구가 머물던 곳이지요."

"그런데 당신은요?" 그가 물었다. "당신도 거기 묵으시나요?"

"간밤에 거기서 잤어요. 하지만 내일 다른 곳으로 옮기려 합니다. 가능하다면 같은 숙소에서 하룻밤 이상은 머물지 않으려고요."

"왜 그러시죠?" 서류 한 뭉치를 안고서 안경 너머로 나를 바라보며 의아한 표정으로 물었다.

"그냥요. 매일 숙소를 바꾸는 게 좋을 뿐입니다. 짐이라야 이 작은 가방밖에 없거든요."

"내일 묵으실 곳은 정하셨나요?"

"아직요. 사치스럽더라도 아주 편한 곳이면 좋을 것 같네요."

"타지마할에 가보시는 게 어떻습니까. 아시아 전체에서 가장 화려한 호텔이죠."

"괜찮은 생각 같네요." 내가 답했다.

의사가 서류로 가득한 물받이에 두 손을 찔러넣으며 말했다. "환자들 참 많군요." 그는 물받이 옆에 앉아 안경을 닦았다. 눈이 피곤한지 아니면 자극이 되는지 눈을 손수건으로 문질렀다. "먼지 때문입니다."

"서류에서 나왔겠죠?" 내가 말했다.

의사가 눈을 내리깔고 등을 돌리며 말했다. "서류에서도 나오고 사람들한테서도 나옵니다."

멀리서 통 같은 것이 계단을 구르는 듯 음울한 쇳소리가 둔하게 들려왔다.

"어쨌든 여기에 그 사람은 없어요." 의사가 서류를 다 내려놓으며 말했다. "여기 있는 이름들을 뒤져봐야 소용없을 것 같습니다."

나는 본능적으로 몸을 일으켰다. 자리를 떠야 할 때가 왔다는 생각이 들었던 것이다. 그게 의사가 계속 말하고 있던 얘기였다. 이제 돌아가야 했다. 하지만 의사는 별 내색을 하지 않고, 아주 먼 옛날에는 하얗게 광택이 났을 금속 진열대 쪽으로 향했다. 그리고 그 속을 뒤져서 약품들을 꺼내더니 빠른 동작으로 셔츠 주머니에 찔러넣었다. 약품들을 일부러 골랐다기보다는 그냥 아무거나 집어든 것처럼 보였다. "이제 직접 찾아보는 수밖에 없겠습니다. 다른 방법이 없어요. 회진을 해야 하는데, 괜찮으시면 따라오셔도 됩니다." 그가 문으로 향했다. "오늘밤에는 평소보다 좀 천천히 돌아볼 생각입니다. 저하고 다니는 게 불편하실지도 모르겠습니다."

나는 그를 따라나섰다. “괜찮습니다. 그런데 이 가방을 갖고 다녀도 될까요?”

문을 나서자 로비가 나타났고, 육각형 로비를 중심으로 여섯 개의 복도가 이어져 있었다. 로비에는 의류나 자루, 더러운 시트 따위가 무더기로 쌓여 있었다. 거무칙칙하고 얼룩진 것들도 있었다. 우리는 오른쪽 첫번째 복도로 들어섰다. 문틀에 힌두어로 쓴 푯말이 달렸는데, 몇몇 글자가 빨간 글자들 중간중간 선명한 자국을 남긴 채 떨어져나가 있었다.

“아무것도 만지지 마세요.” 그가 말했다. “환자들한테 너무 가까이 다가서지 마시고요. 당신 같은 서양 사람들이 좀 민감하지 않습니까.”

음울한 하늘색으로 칠해진 복도는 굉장히 길었다. 밟지 않으려고 주의를 기울였지만 바닥은 신발 아래서 터져나간 바퀴벌레들로 까맸다. 의사가 말했다. “바퀴벌레들을 퇴치하고 있습니다만, 한 달만 지나면 다시 나오죠. 벽마다 알을 까놓으니 병원을 부수지 않는 한 소용이 없습니다.”

복도가 끝난 곳은 중앙 로비와 똑같은 형태의 로비였는데, 더 작고 어두웠으며, 커튼이 처져 있었다.

“자나타 핀투 씨의 직업은 뭐였죠?” 의사가 로비 커튼을 젖히며 물었다.

나는 ‘동시통역사’라고 대답할까 생각했다. 그게 내가 할 수 있는 대답이었겠지만, 그 대신 이렇게 답했다. “소설을 썼습니다.”

“아, 그래요. 조심하세요. 계단이 있어요. 무슨 내용입니까?”

“글쎄요. 어떻게 설명하면 좋을지 모르겠네요. 실현되지 않은 것들, 잘못된 것들이라고 할까요. 예를 들어 어떤 곳으로 여행하는 꿈을 꾸며 평생을 보낸 사람 얘기인데, 어느 날 그 꿈을 이루게 되는 때가 오지만 갑자기 그럴 생각이 싹 사라져버렸다는 걸 알게 된다는 그런 내용입니다."

"그래도 그 사람은 여행을 시작했던 셈이군요." 의사가 말했다.

"그럴 겁니다. 결과적으로는 말입니다."

의사는 우리 뒤편으로 커튼을 내렸다. "이 안에는 백 명쯤 되는 환자가 있어요. 유쾌한 장면은 아니겠지만 이곳에 온 지 상당히 오래된 사람들이니 당신 친구도 혹시 여기에 있을지 모르죠. 그럴 가능성은 거의 없다고 생각되지만요."

의사를 따라 지금까지 본 방들 중에서 가장 큰 방으로 들어섰다. 격납고만큼이나 넓었고, 침대라고 하기에 뭣한 것들이 양쪽 벽에 붙어 있었고, 그 사이로 또 세 줄이 늘어서 있었다. 천장에는 희미하게 빛나는 전등 몇 개가 매달려 있었다. 나는 안에 들어서자마자 그 자리에 멈춰 섰다. 냄새가 너무 지독했다. 입구 옆에 꾀죄죄한 옷을 입은 남자 둘이 웅크리고 있다가 우리가 들어서자 멀찍이 비켜났다.

"불가촉천민[9]들이에요. 환자들의 대소변을 받아냅니다. 이런 일을 할 만한 사람은 이 사람들뿐이죠. 이게 인도라는 나라예요." 의사가 말했다.

첫번째 침대에는 한 노인이 누워 있었다. 깡마른 모습에 실오라기 하나 걸치지 않았다. 마치 죽은 듯 보였지만 눈을 허옇게 뜨고 무표정하게 우리를 바라보았다. 쭈글쭈글한 거대한 자지가 배 위에 얹혀 있었다. 의사가 노인에게 다가가 이

9 언터처블. 인도의 최하위 계층 사람들을 가리킨다.

마를 짚어보았다. 그리고 무슨 약을 입에 넣어주는 것 같았는데, 침대 이편에서 보고 있었기 때문에 확실히 볼 수는 없었다. "이 환자는 사두[10]입니다." 의사가 말했다. "생식기를 신에게 바친 상태죠. 옛날에는 사두들이 임신을 하지 못하는 여자들에게는 숭배 대상이었는데, 이 사람은 평생 단 한 번도 생식기를 써보지 못했다고 합니다."

의사가 걸음을 옮겼고 나도 그 뒤를 따랐다. 그는 침대마다 멈춰 섰고, 그러는 동안 나는 환자의 얼굴을 바라보면서 멀찍이 서 있었다. 의사는 어떤 환자 곁에서는 더 오래 머무르면서 뭔가 우물거리며 말하기도 하고 약을 나눠주는가 하면, 어떤 환자들 앞에서는 이마만 한번 짚어보고는 금방 이동하기도 했다. 벽은 베텔[11]의 열매를 씹다가 내뱉은 탓에 붉은 얼룩 투성이였다. 더위로 숨이 막혔다. 어쩌면 숨막힌다고 느낀 게 그 지독한 냄새 때문이었는지도 모른다. 게다가 천장의 선풍기는 멈춰 있었다. 이윽고 의사가 돌아왔고 나는 잠자코 그를 따라 걸었다.

"없습니다." 내가 말했다. "이중에는 없어요."

의사는 변함없이 예의를 갖춰 커튼을 다시 젖혀주면서 나를 지나가게 해주었다.

"더워서 견딜 수가 없네요. 선풍기가 돌아가지 않는군요. 말도 안 돼요." 내가 말했다.

"봄베이에서는 밤에 전압이 아주 낮아집니다." 의사가 대답했다.

10 sādhu. '고행자'를 뜻함.

11 빈랑나무. 인도, 말레이시아, 중국 등지에서 그 잎이나 열매를 씹으며 즐기는 약효 식물.

"그렇다 해도 트로베이에는 원자력발전소가 있잖아요. 해안도로에서 냉각탑이 보였습니다."

의사의 얼굴에 아주 옅은 웃음이 스쳤다. "전력은 거의 다 공장으로 가거나, 남은 건 특급 호텔과 해안도로 구역으로 보내집니다. 여기는 이걸로 만족해야 하죠." 의사는 복도 끝까지 갔다가 처음 오던 쪽과는 반대 방향으로 발길을 돌렸다. "인도란 나라가 그렇습니다." 의사가 결론을 맺었다.

"여기서 공부하셨나요?" 내가 물었다.

의사는 걸음을 멈추고 나를 바라보았다. 눈빛에 향수가 어리는 것 같았다. "런던에서 했어요. 취리히에서 전문의 과정을 했고요." 의사는 밀짚 담뱃갑을 꺼내더니 한 개비를 꺼내 들었다. "인도에서는 전문의라는 게 별 게 아니죠. 나는 심장 전문의입니다. 하지만 이곳에는 심장병이란 게 없어요. 심장마비로 죽는 건 당신네 서양인들뿐이죠."

"그럼 여기서는 무슨 병으로 죽습니까?" 내가 물었다.

"심장과 관련 없는 모든 병으로 죽지요. 매독, 결핵, 한센병, 장티푸스, 패혈증, 콜레라, 뇌막염, 펠라그라, 디프테리아 등등 그런 것들이죠. 하지만 난 심장 분야에 흥미가 있었어요. 우리 생명을 관장하는 근육을 이해하는 일이 재미있었지요." 의사는 주먹을 오므렸다 폈다 해보였다. "이 속에 뭐가 들어 있는지 찾아내보려고 했던 건지도 모르겠어요."

복도의 막다른 곳은 지붕이 있는 작은 정원이었고, 그 안쪽으로 벽돌로 지은 낮은 건물이 하나 있었다.

"종교가 있습니까?" 내가 물었다.

"아뇨. 저는 무신론자예요. 인도에서 무신론자로 산다는 건 최악의 불행입니다."

우리는 정원을 지나 벽돌 건물의 입구 앞에 멈춰 섰다.

"이 안에는 불치병 환자들이 있어요." 그가 말했다. "당신 친구가 여기에 있을 가능성도 없지 않아 있습니다."

"어떤 환자들입니까?"

"상상도 할 수 없는 모든 환자가 있죠. 어쩌면 그냥 가시는 게 나을지도 모르겠습니다."

"그런 생각이 들기도 하네요."

"배웅해드리죠."

"아닙니다. 염려 마세요. 저쪽 철책에 딸린 문으로 나가면 되겠지요. 여기가 길 바로 옆인 것 같은데요."

"제 이름은 가네샤입니다. 코끼리 얼굴을 한 행복한 신 이름과 같은 이름이죠."

헤어지기 전에 나도 내 이름을 말해주었다. 그곳에서 출구까지는 얼마 되지 않았다. 재스민 나무들이 보였다. 문은 열려 있었다. 내가 돌아다보자 그가 다시 말했다. "만일 그분을 만나면 뭐라고 말할까요?"

"부탁입니다만, 아무 말도 하지 말아주세요." 내가 말했다.

의사는 모자라도 되는 듯 가발을 벗고 가볍게 목례를 했다. 나는 거리로 나왔다. 동이 트고 있었고, 길에서 자던 사람들이 잠에서 깨어나고 있었다. 밤사이에 이불로 쓰던 거적을 둘둘 말고 있는 사람도 보였다. 쇠똥 주위를 뛰어다니는 까마귀 떼들이 거리를 뒤덮었다. 병원 입구의 층계 가까이에 고물 택시 하나가 서 있었고, 기사는 창문에 얼굴을 기댄 채 잠에 빠져 있었다.

"타지마할로 갑시다." 택시에 오르며 나는 말했다.

3

타지마할 호텔이 시행하고 있는 '출입 허가' 규정에 전혀 개의치 않는 유일한 봄베이 시민은 까마귀들이었다. 그들은 신관 건물인 인터콘티넨털 테라스에 느긋이 내려앉거나 가장 오래된 건물의 무굴 양식 창문에서 빈둥거리는가 하면, 정원의 망고나무 가지들 사이에 걸터앉기도 하고 수영장 주변의 잘 손질된 풀밭 위를 깡충거리기도 한다. 제복을 입은 매우 유능한 직원이 크리켓 자루를 휘두르며 쫓아내지 않는다면, 수영장 가장자리에서 물을 마시거나 마티니 잔의 오렌지 껍질을 쪼아먹을지도 모른다. 마치 기이한 영화감독이 만든, 뭐가 뭔지 도무지 알 수 없는 경기 장면을 보는 것 같다. 까마귀들은 부리가 엄청 더러워서 조심할 필요가 있다. 봄베이 당국은 거대한 상수도 저장 탱크들을 덮개로 씌워야 할 판국이었다. 그렇지 않으면 그놈들이 파르시교도들이 (말라바르 언덕 일대에 수도 없이 널린) 침묵의 탑[12]들에 버려두는 시신을 물어뜯다가 그 살 조각들을 물속에 떨어뜨려 '생명의 순환'으로 재진입하도록 만드는 경우가 있기 때문이다. 하지만

12 1675년에 봄베이에 처음 세워진 장례 장소로, 탑 꼭대기에 시신을 두면 독수리가 쪼아먹고 남은 뼈는 지하도로 떨어져 아라비아 해로 흘러들어간다. 파르시parsi는 7~8세기 아랍 이슬람교도의 박해를 피해 인도로 온 페르시아 계통의 조로아스터교도로, 불을 숭상한다.

그렇게까지 손을 씼음에도 불구하고 시 당국은 위생 문제를 확실하게 해결하지 못했는데, 까마귀 말고도 쥐나 해충, 하수도 같은 문제들이 얼마든지 남아 있기 때문이다. 봄베이의 물은 마시지 않는 것이 좋다. 그러나 타지마할에서는 물을 마셔도 된다. 타지마할 호텔은 자체 정수기를 갖추고 있다. 그게 호텔의 자부심이었다. 그러니 타지마할이야말로 그냥 호텔이 아니다. 객실을 팔백 개나 갖추고 있는, 도시 안의 도시라고 할 만하다.

그 도시에 들어갔을 때, 나는 장식 띠를 두르고 빨간 터번을 머리에 감고서 인도 왕자로 분한 수위의 안내를 받아 놋쇠가 번쩍거리는 프런트로 향했다. 프런트에 도열한 직원들 역시 마하라자[13]로 변장을 하고 있었다. 아마도 그들 눈에는 반대로 내가 가난뱅이로 변장한 부자로 보였는지, 게이트웨이오브인디아 전경이 내려다보이고 고가구로 장식된 호텔 별관 방을 배정하려고 부산을 떨었다. 그때 나는 내가 그 호텔을 찾은 것은 심미적인 문제 때문이 아니라 단지 염치를 내던지고 맛보는 편안함 속에서 잠을 푹 자기 위해서이며, 그럴 수만 있다면 멋쩍으리만큼 모던한 가구가 놓인 방이라도 그들 좋은 대로 배정해주어도 좋다는 말을 해줄까 하는 생각이 잠시 들었다. 인터콘티넨털의 마천루라도 흡족할 거라고 말이다. 그러나 이내 이런 말로 그들을 실망시키는 것이 잔인하게 여겨졌다. 그래도 어쨌든 그 호사스러운 스위트룸은 거절했다. 그건 한 사람이 묵기에는 너무 으리으리했다. 하지만

13 Mahārāja. '대왕' 또는 '대군'이라는 뜻으로 인도, 인도네시아, 말레이시아 등에서 쓰는 토후土侯나 번후藩侯를 이르는 칭호.

가격이 문제가 아니라, 미리 생각해두었던 분위기가 그게 아니라는 점은 분명히 말해두었다.

방은 괜찮았다. 내 작은 가방은 나보다 앞서 비밀 통로를 통해 전달되어 로프로 짜인 접의자 위에 놓여 있었다. 욕조에는 벌써 김이 무럭무럭 솟아나는 물이 가득했다. 나는 몸을 물에 푹 담갔다가 나와 면 수건으로 감쌌다. 창문으로 아라비아 해가 내다보였다. 이제 날이 거의 밝아올 무렵이어서, 해변은 붉은 햇살로 물들어 있었다. 타지마할 주변으로 인도의 삶이 다시 펼쳐지고 있었다. 육중한 녹색 벨벳 커튼은 무대의 막처럼 부드럽고 유연하게 드리워져 있었다. 나는 풍경 위로 커튼을 내려뜨렸다. 그러자 방은 어둑해지고 조용해졌다. 천장의 커다란 선풍기에서 나는 그르렁 소리가 나른하면서도 위안을 주는 듯했지만, 정작 에어컨이 완벽하게 작동하는 이 방에서는 그저 사치품에 불과하다는 생각이 언뜻 들었다. 그때 문득 지중해 언덕의 오래된 성당에 가 있었다. 성당은 하얗고 날씨는 더웠다. 우리는 몹시 배가 고팠다. 사비에르가 웃으면서 바구니에서 파니니와 찬 와인을 꺼냈고, 이사벨도 웃고 있었다. 마그다가 풀밭 위에 자리를 폈다. 푸른 바다가 우리 아래편으로 멀리 펼쳐져 있었고, 당나귀 한 마리가 한가롭게 성당 그늘에서 풀을 뜯고 있었다. 꿈이 아니었다. 그 장면은 생생한 기억이었다. 나는 방의 어둠 속에서 그 기억을 바라보았다. 그러자 꿈인 것만 같은 아스라한 장면이 보였다. 오랫동안 잠을 못 잔 탓인지도 모른다. 시계가 오후 네 시를 가리켰다. 그때를 생각하면서 나는 오랫동안 침대에 누워 있었다. 풍경들, 얼굴들, 그리고 나날의 생활들이 떠올랐다. 솔숲을 따라 드라이브를 하던 때, 서로를 부르던 이름들, 사비에르의 기타, 그리고 휴일이면 등장하는 광대들을 흉내내며 괜히 엄숙한 어조로 떠들어대던 고음의 마그다 목소리. "신사 숙녀 여러분! 잠시만 주목해주십시오. 여러분은 지금 이탈리아의 나이팅게일을 보고 계십니다." 그러자 나도 흥이 나서 옛날 나폴리 민요를 늙은 가수들의 목청 떨리는 소리로 흉내내면서 노래를 했다. 그럴 때면 모두가 웃고 박수를 쳤다. 다들 나를 '호스'라고 불렀는데, 포르투갈어로 나이팅게일을 뜻하는 '호시놀'의 첫 발음을 딴 것이니 그러지 말라고 했다가도 그냥 체념하고 말았다. 듣기에 따라서는 이국적인 멋진 이름처럼 느껴지기도 했다. 그러니 화를 낼 정도의 일은 아니었다. 그리고 나는 그뒤의 여름들을 떠올렸다. 마그다가 울었는데, 왜 그랬을까? 제대로 기억하는 걸까? 그리고 이사벨, 그녀의 모습은? 그런 기억들이 마치 벽에 영사기로 투영되는 것처럼 선명해져서 더이상 참을 수가 없었다. 나는 일어나 방을 나섰다.

저녁 여섯시는 점심을 먹기에는 어쩌면 너무 늦었고 저녁을 먹기에는 너무 일렀다. 하지만 안내서에는 타지마할에 식당이 네 군데나 있어서 언제라도 식사할 수 있다고 했다. 랑데부는 아폴로 분더 꼭대기 층에 있었는데, 지나치게 친밀한 감을 주는 곳이었다. 그리고 너무 비쌌다. 나는 아폴로 바로 향했다. 이제 막 나타나기 시작한 저녁 불빛들을 바라보며 테라스 창가 탁자 앞에 앉았다. 진토닉을 두 잔 마시자 기분이 좋아져서 이사벨에게 편지를 썼다. 긴 편지를 단숨에, 집중적으로, 모든 것을 설명하며 써내려갔다. 그 머나먼 나날들, 나의 여행, 그리고 나의 느낌들이 시간과 함께 어떻게 다시 피어나는지에 대해 말했다. 말하지 않을 작정이었던 얘기들까지 했다. 편지를 다시 읽어봤을 때, 빈속에 술을 들이부은 사람의 경솔한 흥분이 젖어들어 있다는 걸 알았고, 사실은 마그다를 염두에 두고 쓴 편지임을 깨달았다. 처음에 '이사벨에게'라고 썼어도, 그건 분명 마그다에게 쓴 것이었다. 나는 편지를 꾸겨서 재떨이에 던져넣었다. 그리고 아래층으로 내려가 탄조레 식당으로 가서 마치 거지 옷을 입은 왕자라도 된 것처럼 호사스러운 저녁을 주문했다. 식사를 마쳤을 때는 밤이었다. 타지마할은 빛을 환히 밝히면서 기운이 충만해지고 있었다. 연못가 풀밭에는 제복 입은 사환들이 까마귀를 쫓을 준비를 하고 있었다. 나는 축구장처럼 넓은 로비 한가운데에 놓인 소파에 몸을 묻고서 호화로운 주위를 바라보았다. 바라본다는 순수한 행위 속에는 언제나 약간의 사디즘이 있다고 누가 말했던가. 생각을 했지만 떠오르지 않았다. 하지만 그 말에는 뭔가 진실한 것이 들어 있다는 느낌이 들었다. 그렇기에 나는 더 흡족한 마음으로 둘러보았다. 몸은 어떤 다른 곳, 어딘지 알지 못하는 곳에 있지만, 바라보는 두 눈만큼은 완벽하게 감각을 가동시킨다는 생각이었다. 나는 여자, 보석, 터번, 터키식 모자, 베일, 옷자락, 야회복, 이슬람교도와 미국의 백만장자들, 산유국의 왕들과 완벽하고 조용한 하인들을 바라보았다. 내 귀에는 웃음소리, 알 듯 말 듯 울리는 말들, 소곤거리는 소리, 옷 스치는 소리가 들려왔다. 이런 모든 것은 밤새도록, 거의 새벽까지도 그치지 않았다. 그러다 목소리들이 엷어지고 불빛이 희미해질 때쯤, 나는 소파에 머리를 파묻고 있다가 잠이 들었다. 그리 오랫동안은 아니었다. 타지마할 바로 앞에서 엘레판타로 가는 첫 배가 일곱시에 닻을 올리기 때문이다. 그 배에는, 목에 사진기를 건 지긋한 나이의 일본인 커플과 나뿐이었다.

4

“이 육체 속에서 우리는 무얼 한단 말인가.” 내 옆 침대에서 누울 준비를 하고 있던 사람이 말했다.

목소리가 물어보는 투가 아니었다. 질문이 아니라 그저 자기 방식대로 내뱉은 하나의 언표처럼 들렸다. 질문이라고 해도 대답할 수 없었을 것이다. 정거장 플랫폼에서 비쳐든 노란 불빛이 칠이 벗겨져나간 벽에다 인도인 특유의 신중하고 조심스러운 동작으로 대합실에서 가볍게 움직이는 여윈 그의 그림자를 그려내고 있었다. 멀리서 느릿하고 단조로운 소리가 들려왔다. 아마 기도 소리이거나 외롭고 암담한 한탄의 신음 소리일 것이다. 누구에게 어떤 요청도 못 하고 한탄 그 자체만을 표출할 뿐인 그런 소리 말이다. 나로서는 해독하기가 불가능했다. 인도 역시 이와 마찬가지였다. 평탄하고 차이가 없이 모든 게 뒤섞인 것 같은 소리들의 우주.

“그 안에서 여행을 하는 게 아닐까요.” 내가 말했다.

그가 말을 꺼낸 지 상당한 시간이 흘렀을 것이다. 나는 아스라한 것을 생각하며 멍하니 있었다. 잠시 졸았는지도 모르겠다. 너무나 피곤했다.

그가 말했다. “뭐라고 하셨습니까?”

“육체 말입니다. 여행가방 같은 게 아닐까요. 우리를 실어 나르는 가방 말입니다.”

문 위에는 야간열차에 달린 것 같은 푸른색 조명이 켜져 있었다. 창문에서 들어오는 노란 불빛과 섞여 마치 수족관처럼 창백한 녹색 불빛을 만들어내고 있었다. 그 사람을 바라봤다. 슬프게 보이는 그 녹색 불빛 속에서, 가슴에 얹은 손과 뾰족한 얼굴 형상이 약간 휘어진 코와 함께 눈에 들어왔다.

"만테냐를 아세요?" 내가 물었다. 내 질문도 황당하지만 애당초 그의 질문도 그에 못지않았다.

"모릅니다. 인도 사람입니까?"

"이탈리아 사람이에요." 내가 말했다.

"저는 영국 사람들만 압니다. 영국인들이 제가 아는 유일한 유럽인들입니다."

멀리서 들려오는 신음 소리가 확연히 더 커지더니 이제는 귀에 거슬리기까지 했다. 순간 자칼이 아닐까 하는 생각이 들었다.

"이거, 짐승이죠. 그렇게 생각하지 않으세요?"

"당신 친구인가보다 생각했습니다." 그가 낮은 목소리로 대꾸했다.

"아니, 아니요. 제 말은 밖에서 들려오는 소리 말입니다. 만테냐는 화가예요. 저는 만나본 적도 없지요. 수백 년 전에 죽었어요."

그 사람이 깊은 한숨을 내쉬었다. 하얀 옷을 입었지만 무슬림이 아니라는 것쯤은 나도 알고 있었다. "저는 영국에서 살았습니다." 그가 말했다. "하지만 프랑스어도 했지요. 원하시면 프랑스어로 말해도 됩니다." 전반적으로 그의 목소리에는 감정이 없었다. 마치 관청의 창구 앞에 대고 진술하는 것 같았다. 왜 그런지는 모르지만 바로 그 점이 불안했다. "저건 자이나교[14] 교도입니다." 그가 잠시 뜸을 들이더니 말했다. "세상의 악을 슬퍼하는 겁니다."

내가 말했다. "아, 그렇군요." 그 사람은 이번에는 멀리서 들려오는 신음 소리 얘기를 하고 있었다.

"봄베이에는 자이나교도가 별로 없습니다." 그가 여행자에게 뭔가를 설명하는 사람 말투로 얘기를 이어갔다. "남쪽에는 아직도 많습니다. 아주 아름다우면서도 어리석은 종교입니다." 그의 말에 경멸의 분위기는 없었지만, 여전히 증언이라도 하는 듯 메마른 어조였다.

"당신 종교는 뭡니까? 너무 노골적인 질문이라면 죄송합니다." 내가 물었다.

"저는 자이나교도입니다." 그가 말했다.

역의 시계가 자정을 쳤다. 멀리서 들려오던 신음 소리가 갑자기 그쳤다. 시계가 가리키는 시간을 기다리기라도 한 것 같았다. "이제 또 하루가 시작되었습니다." 그 사람이 말했다. "이 순간부터 새로운 하루입니다."

나는 침묵을 지켰다. 그의 말투가 워낙 확고했기에 아무런 대답도 할 수가 없었다. 몇 분이 흘렀다. 대합실 불빛이 약해진 느낌이 들었다. 잠에 들었는지 내 동행이 숨을 쉬는 간격이 뜨고 느려졌다. 그가 다시 입을 열었을 때 나는 움찔 놀랐다. "저는 바라나시로 갑니다. 당신은 어디로 가십니까?"

"마드라스로 갑니다."

"마드라스." 그가 내 말을 반복했다. "그렇군요."

14 인도에서 불교와 함께 영향력 있는 종교로, 기원전 6세기 무렵 마하비라가 일으킨 비非브라만 계통의 무신론 종교.

"사도 도마가 순교했다고 하는 곳을 보고 싶어요. 포르투갈 사람들이 거기에다 16세기에 교회를 세웠다지만, 뭐가 남아 있는지는 모르겠어요. 그다음에는 고아로 갈 겁니다. 오래된 한 도서관에서 조사할 게 있어요. 인도에 온 건 그 때문이지요."

"순례를 하시는 겁니까?" 그가 물었다.

나는 아니라고 말했다. 정확히 말하면 그럴 수도 있지만, 종교적인 의미로는 아니다. 굳이 말하자면 개인적인 여정이라고나 할까, 그저 어떤 흔적을 찾아다니고 있었다.

"당신은 가톨릭교도인 것 같습니다." 나의 동행이 말했다.

"유럽인은 어떤 식으로든 다 가톨릭교도들이죠. 기독교라고도 할 수 있겠네요. 어쨌든 실제로는 다 같은 거지요."

그 사람은 마치 음미하듯 '실제로는'이란 말을 반복했다. 그의 영어는 매우 우아했다. 여느 대학에서 그러듯 말과 말 사이에 간격을 두면서 약간 길게 늘여서 접속사들을 발음했다. "프랙티컬리…… 액츄얼리." 그가 말했다. "참 희한한 말들입니다. 영국에서 흔하게 들은 말들입니다. 당신네 유럽인들은 이 말을 자주 쓰지요." 그러고는 오랫동안 말을 잇지 않았지만, 그의 말이 끝난 건 아니었다. "저는 그게 비관주의인지 낙관주의인지 알 수가 없었습니다." 그가 이어 말했다. "당신 생각은 어떻습니까?"

나는 좀더 잘 설명해달라고 했다.

"아, 그런데," 하고 그가 말했다. "더 잘 설명하기가 힘듭니다. 그 말들이 건방져 보이기도 하고 반대로 그저 냉소적인 뜻인 것 같기도 하고, 그런 생각을 가끔 한답니다. 그리고 뭔가 대단히 불안해서 그 말들을 쓰는 게 아닌가 하는 생각도 듭니다. 제 말 이해하시겠습니까?"

"글쎄요. 그렇게 쉽지는 않네요. 하지만 '실제로'라는 말은 실제로 아무런 뜻도 없을 텐데요."

나의 동행은 웃었다. 그가 웃는 것은 처음이었다. "당신은 참 훌륭하신 분입니다." 그가 말했다. "저를 승복시키고 또한 동시에 제가 이기게 해주셨습니다. 실제로 말입니다."

나도 웃었다. 그리고 곧이어 이렇게 말했다. "그런데 제 경우에 그 말은 실제로 불안해서 쓰는 것 같아요."

우리는 한동안 침묵에 잠겼다. 그러다 동행이 담배를 피워도 되겠느냐고 물었다. 그는 침대 곁에 둔 가방을 뒤적거렸다. 방에는 담뱃잎 한 장으로 만든, 크기가 작고 향을 가미한 인도 담배 냄새가 가득 퍼졌다.

"복음서를 읽은 적이 있습니다." 그가 말했다. "참 이상한 책입니다."

"이상하기만 합니까?" 내가 물었다.

그는 머뭇거렸다. "건방지기도 하지요. 비방하려는 건 아닙니다."

"죄송하지만 무슨 뜻인지 잘 모르겠는데요." 내가 말했다.

"그리스도 얘기를 하는 겁니다."

역의 시계가 열두시 반을 쳤다. 졸음이 엄습하는 걸 느꼈다. 역사 뒤편의 공원에서 까마귀 울음소리가 들려왔다. "바라나시는 곧 베나레스를 가리킵니다." 내가 말했다. "성스러운 도시죠. 당신도 순례중이신가요?"

나의 동행이 담배를 끄면서 가볍게 기침을 했다. "나는 죽으러 갑니다." 그가 말했다. "살날이 며칠 남지 않았어요." 그는 베고 있던 쿠션을 매만졌다. "하지만 지금은 자는 게 좋겠습니다." 그가 말을 이었다. "잠잘 시간이 별로 없어서요. 기차가 다섯시에 떠나거든요."

"제가 탈 기차는 좀 나중에 떠납니다." 내가 말했다.

"아, 그럼 걱정 마세요." 그가 말했다. "제시간에 차장이 와서 깨울 겁니다. 우리가 오늘 만났던 이런 식으로, 우리의 이 가방들을 들고서, 다시 만날 기회는 없겠지요. 여행 잘 하시기 바랍니다."

"당신도 편안한 여행이 되기를 바랍니다." 내가 답했다.

5

안내서에서 마드라스에서 가장 좋은 식당이 코로만델 호텔에 있는 마이소르 식당이라고 내세웠기에 나는 몹시 호기심이 생겼다. 우선 일층에 있는 가게에서 인도풍 흰 셔츠와 외출용 바지를 산 다음, 방으로 올라가 여독을 씻어내기 위해 오랫동안 목욕을 했다. 코로만델 호텔 방들은 식민지 양식을 흉내낸 것이었는데 그다지 나쁘지는 않았다. 후면으로 나 있는 내 방 창문으로 야생 초목에 둘러싸인 누르스름한 공터가 내다보였다. 방은 꽤 넓었으며, 무척이나 아름다운 침대보가 깔린 큼직한 침대가 둘 있었다. 안쪽 창가에는 서랍이 중앙에 하나 달리고 양 옆으로 세 개씩 달린 책상이 있었다. 내 서류들을 넣어두기 위해 오른쪽 맨 아래 서랍을 고른 것은 순전히 우연이었다.

생각했던 것보다 상당히 늦어서야 마이소르 식당으로 내려갔지만, 식당은 자정까지 열고 있었다. 수영장이 유리문 너머로 보였고, 둥근 탁자마다 녹색으로 칠한 대나무 의자가 있었다. 탁상 램프는 푸른 불빛을 냈고, 분위기가 굉장히 좋았다. 붉은 양탄자 위에서는 악사 한 사람이 무척이나 조용한 음악으로 사람들의 마음을 어루만지고 있었다. 웨이터가 탁자들 사이로 안내했는데, 음식을 추천하는 태도가 매우 정중했다. 요리 세 개와 신선한 망고 주스를 주문했다. 사람들은 거의 다 인도 사람들이었지만, 내 옆 식탁에는 전문가 분위기를 풍기는 영국 신사 둘이 드라비다족[15]미술에 대해 얘기하며 앉아 있었다. 그들 대화는 서로를 존중하면서도 경쟁적인 것이었는데, 식사하는 내내 그들이 주고받는 정보가 맞는지 속으로 혼자 생각하며 즐거워했다. 한쪽이 연도를 잘못 말하는 때가 있었지만, 다른 쪽은 알아차리지 못하는 것 같았다. 우연히 듣는 대화는 흥미롭기 마련이다. 오래전부터 아는 대학 동료 교수 사이라고 생각했는데, 두 사람이 다음날 콜롬보로 가는 비행기를 취소하자는 데 동의하는 걸 보고서야 그들이 바로 그날 만난 사이라는 걸 알았다. 식당을 나서서 로비의 잉글리시 바에 들러보려고 했지만, 알코올의 도움 없이도 좋을 만큼 피곤하다는 걸 생각하고 방으로 올라갔다.

전화벨이 울렸을 때 나는 이를 닦고 있었다. 순간 전화로 확실한 답변을 하겠다고 약속했던 신지학협회 전화가 아닐까 했지만, 전화기를 향해 가면서 시간이 너무 늦은 걸 보고 그럴 리가 없다는 생각이 들었다. 그리고 화장실 수도꼭지가 말을 잘 듣지 않는다고 저녁식사 전에 프런트에 말해두었던 것이 생각났다. 역시 프런트에서 온 전화였다. "실례합니다, 손님. 어떤 부인께서 손님과 만나셨으면 합니다."

"미안합니다만, 뭐라고 하셨지요?" 이에 칫솔을 문 채로 말했다.

"어떤 부인께서 손님과 얘기를 나누고 싶어하십니다." 프런트 담당자가 같은 말을 반복했다. 이어 딸깍하는 소리가 들

15 남인도와 스리랑카 동북쪽에 살며 검은색 피부에 곱슬머리를 한 민족으로, 선사시대부터 인도에서 살았으며 현재 인도 인구의 30퍼센트 정도를 차지한다.

리더니 낮고 침착한 여자 목소리가 이렇게 말했다. "저는 댁보다 앞서 그 방을 썼던 사람인데요, 꼭 말할 게 있어서 그런데, 로비에서 좀 뵐 수 있을까요."

"오 분만 기다리시면 잉글리시 바로 가겠습니다." 내가 말했다. "아직 열려 있을 겁니다."

"제가 올라가면 어떨까요." 그녀가 대답할 시간을 주지 않고 내처 말했다. "정말 긴급한 일이라서요."

문 두드리는 소리가 들렸을 때 겨우 옷을 갈아입은 참이었다. 문이 열려 있다고 말하자 여자가 문을 열고 잠시 멈춰 서서 나를 바라보았다. 복도는 어둠침침했다. 키가 크다는 것만 알 수 있었다. 어깨에 스카프를 두른 모습이 어렴풋했다. 그녀는 뒤로 문을 닫으며 들어왔다. 불을 환하게 켜둔 채 안락의자에 앉아 있던 나는 몸을 일으켰다. 나는 아무 말도 하지 않고 기다렸다. 그러자 그녀가 입을 열었다. 방으로 들어오지 않은 채 말을 시작했는데, 수화기로 들려오던 예의 그 낮고 침착한 목소리였다. "이렇게 들이닥쳐서 대단히 실례가 많습니다. 제 행동이 정말이지 교양 없어 보이실 테죠. 안됐지만, 다르게 행동할 수 없는 그런 상황이라서요."

"이보세요." 내가 말했다. "인도라는 나라가 신비로울지는 몰라도 수수께끼 놀이는 저한테 맞지 않습니다. 쓸데없는 일은 사양하고 싶소."

그녀는 짐짓 놀란 눈으로 나를 바라보았다. "저는 단지 이 방에 제 물건을 놔두고 나온 것뿐이에요." 그녀가 차분하게 말을 이었다. "그걸 가지러 온 거고요."

"돌아올 거라고 생각했어요." 내가 말했다. "하지만 솔직히 말해 이렇게 빨리 올 줄은 예상하지 않았소. 아니, 이렇게 늦은 시각에 말이오."

여자는 더 놀란 눈으로 나를 바라보았다. "무슨 말씀을 하시는 거죠?" 그녀가 우물거렸다.

"당신이 도둑이라는 거요." 내가 말했다.

여자는 창문 쪽을 쳐다보고서 어깨에 걸친 스카프를 벗었다. 아름다웠다. 전등갓을 통해 희미하게 퍼지는 빛이 그녀의 얼굴에 귀족적이고 아련한 분위기를 주었기 때문인지도 몰랐다. 그렇게 젊지는 않았으며 거동에는 우아함이 넘쳤다.

"상당히 단호하시군요." 그녀가 말했다. 그녀는 피곤을, 혹은 어떤 생각을 쫓아내려는 듯, 한 손으로 얼굴을 쓸어내렸다. 어깨가 가벼운 전율로 떨렸다. "훔친다는 게 무슨 뜻이지요?" 그녀가 물었다.

우리 사이에 침묵이 흘렀다. 세면대에서 물 떨어지는 소리가 유난히 크게 들렸다. "저녁 먹기 전에 전화를 했어요." 내가 말했다. "금방 고쳐주겠다고 했지요. 저런 소음은 참을 수가 없어요. 도저히 잠을 이룰 수가 없을 것 같아요."

그녀는 미소를 지었다. 그리고 등나무 서랍장에 기대선 채 무척이나 피곤하다는 듯 팔 하나는 축 늘어뜨리고 있었다. "익숙해지셔야 할 것 같은데요." 그녀가 말했다. "저는 이 방에서 일주일을 보냈어요. 고쳐달라고 열 번도 더 넘게 말했는데, 나중엔 체념했지요." 그녀는 잠시 뜸을 들였다. "프랑스 사람이신가요?"

"아닙니다." 내가 대답했다.

그녀는 실망한 표정으로 나를 바라보았다. "저는 마두라이에서 택시를 타고 왔어요." 그녀가 말했다. "꼬박 하루가 다 걸렸네요." 그녀는 스카프를 손수건 삼아 이마를 닦았다. 한순간 좌절한 기색이 스친 것 같았다. "인도는 끔찍해요." 그녀가 말했다. "거리는 지옥이에요."

"마두라이는 무척 멉니다." 내가 대답했다. "어째서 마두라이로 가셨는데요?"

"트리반드룸에 가는 길이었어요. 거기서 콜롬보로 갈 참이었지요."

"하지만 마드라스에도 콜롬보행 비행기가 있는데요."

"그 비행기는 타고 싶지 않았어요. 충분한 이유가 있습니다만, 설명하기는 어려울 것 같군요." 그녀는 피곤한 몸짓을 했다. "어쨌든 이제는 놓쳤지요."

그녀가 질문하는 것 같은 표정으로 나를 바라보았다. 나는 이렇게 말했다. "당신이 두신 그대로 다 있습니다. 오른쪽 맨 아래 서랍에요."

책상은 그녀 뒤에 있었다. 모서리를 놋쇠로 댄, 대나무로 만든 것이었다. 책상 위에는 큰 거울이 놓여 있어서 그리로 그녀의 벗은 등이 비춰보였다. 그녀는 서랍을 열고 고무줄로 묶은 서류 뭉치를 꺼냈다.

"너무 어리석지요." 그녀가 말했다. "이런 식의 일을 해놓고서 서랍에 넣은 채 잊어버리다니요. 처음에는 일주일 동안 호텔 보관실에 맡겼는데, 짐을 싸면서 여기다 둔 거죠."

동감을 표시해주길 바라듯 그녀가 나를 쳐다보았다.

"맞습니다. 어리석지요." 내가 말했다. "그만한 액수의 돈을 보내는 건 고도의 사기 행각입니다. 그러니 당신이 이런 어이없는 실수를 저지르는 겁니다."

"아마 제가 너무 과민했나봐요." 그녀가 말했다.

"아니면 복수심에 너무 휘둘렸는지도 모르지요." 내가 덧붙였다. "당신 편지는 대단하더군요. 지독한 복수…… 당신이 서두르기만 한다면 그 사람으로서는 속수무책이겠어요. 단지 시간문제입니다."

거울로 나를 바라보던 그녀 눈에서 빛이 났다. 잠시 후 몸을 홱 돌려 목을 길게 세우고는 바르르 떨었다. 그리고 "제 편지도 읽으셨네요!" 하고 경멸 섞인 목소리로 소리쳤다.

"약간은 베껴두기도 했습니다." 내가 말했다.

그녀는 얼이 빠져서, 또는 공포가 서린 표정으로, 나를 바라보았다. "베꼈다고요?" 그녀가 중얼거렸다. "어째서죠?"

"마지막 부분만 베꼈어요." 내가 말했다. "죄송합니다. 하지만 베끼지 않고서는 견딜 수가 없었어요. 누구한테 보낸 것인지도 모릅니다. 아는 거라곤 오로지 당신을 몹시도 괴롭힌 사람이라는 것뿐입니다."

"그 사람은 돈이 너무 많았어요." 그녀가 말했다. "모든 걸 돈을 주고 살 수 있다고 생각했지요. 사람조차도 말예요." 이렇게 말하며 그녀가 인상을 찌푸린 채 자기 자신을 가리켰다. 무슨 말인지 이해할 수 있었다.

"그렇군요. 일이 어떻게 된 건지 조금은 알 것 같습니다. 당신은 여러 해 동안 존재하지 않았고 명의를 빌려주기만 한 거군요. 그러던 어느 날 당신은 당신 명의에 현실을 부여하기로 결심했지요. 그 현실이 당신 자신입니다. 그런데 저는 당신이 서명하는 데 쓴 그 이름밖에 모릅니다. 아주 평범한 이름이더군요. 그 이상은 저도 알고 싶지 않습니다."

"맞아요." 그녀가 말했다. "마가렛이라는 이름은 세상에 너무 흔하죠."

그녀는 책상에서 물러나서 화장대 의자로 가서 앉았다. 팔꿈치를 무릎에 대고 얼굴을 손으로 감싸쥐었다. 아무 말도 하지 않고서 얼굴을 묻은 채 오랫동안 그러고 있었다.

"어떻게 하실 작정이세요?" 내가 물었다.

"모르겠어요." 그녀가 대답했다. "너무 무서워요. 내일 콜롬보에 있는 그 은행에 가야 해요. 안 그러면 그 돈을 완전히 날려버릴 거예요."

"이렇게 하면 어떨까요." 내가 말했다. "지금은 늦었어요. 한밤중이니 이 시간에 트리반드룸으로 가실 수는 없습니다. 비행기로 가더라도 내일 중으로는 도착 못 해요. 내일 아침에 여기서 콜롬보행 비행기가 있어요. 일찍 나가시면 자리가 있을 테니 운이 좋으신 겁니다. 게다가 당신은 이 호텔을 떠나신 것으로 되어 있어요."

그녀는 무슨 말인지 모르겠다는 눈길로 나를 쳐다보았다. 그렇게 연구라도 하듯 오랫동안 나를 빤히 바라보았다.

"내 입장에서 말하자면 당신은 이미 떠난 사람이지요." 내가 말을 이었다. "이 방에는 편안한 침대가 두 개 있어요."

그녀는 긴장이 풀리는 듯 보였다. 다리를 꼬면서 슬며시 미소를 지었다. "왜 그러시죠?" 그녀가 물었다.

"모르겠어요." 내가 말했다. "아마 쫓기는 사람에 대한 연민인가봐요. 게다가 저도 당신한테서 뭔가를 훔쳤잖아요."

"짐을 프런트에 두고 왔어요." 그녀가 말했다.

"거기 뒀다가 내일 아침에 찾으시는 게 더 안전할 겁니다. 잠옷을 빌려드릴게요. 사이즈가 저랑 비슷하신 것 같군요."

그녀가 웃었다. "남은 문제는 수도꼭지뿐이군요."

나도 웃었다. "당신은 이제 익숙해지신 것 같네요. 그러니 저만 문제로군요."

6

"인간의 육체는 그저 외양에 지나지 않을 겁니다." 그가 말했다. "그것은 우리의 실재를 가리고, 우리의 빛이나 우리의 그림자를 덧칠해버립니다."

그는 손을 들어 애매한 시늉을 했다. 헐렁한 흰색 튜닉[16]을 입었는데, 치켜든 소매 사이로 마른 손목이 드러났다. "신지학에서 그런 얘기를 한다는 게 아닙니다. 빅토르 위고의 『바다의 노동자들』에 나오는 말이지요." 그가 미소를 지으며 마실 것을 따라주었다. 그는 물이 가득한 잔을 마치 건배라도 하듯 들어올렸다.

무엇을 위한 건배인가? 하고 나는 생각했다. 나도 따라서 잔을 들며 말했다. "빛과 그림자를 위하여."

그는 다시 미소를 지었다. "너무 보잘것없는 식사지만 용서하시기 바랍니다." 그가 말했다. "오후에 잠깐 방문해주신 이후에 차분하게 대화를 나누기 위해서는 다른 방도가 없었습니다. 아까는 제가 일이 바빠서 좀더 여유를 갖고 말씀을 나누지 못해 죄송했습니다."

16 고대 그리스나 로마 사람들이 입던, 무릎까지 내려오는 헐렁한 민소매 옷.

"별말씀을요." 내가 말했다. "친절에 감사드립니다. 이렇게까지 바라지는 않았습니다만."

"여기서는 외부 손님을 좀처럼 응대하지 않습니다." 그가 다소 미안해하는 투로 말을 이어나갔다. "그런데 제가 봤을 때 단순히 호기심 때문에 여길 찾으신 것 같지는 않습니다."

약간은 수수께끼 같은 메모, 몇 번의 내 전화, 그리고 '사라진 사람'을 그저 언급만 하고 끝난 오후의 만남. 이렇게 아리송하면서도 괜한 우려를 자아내는 식으로 계속 나가면 곤란하겠다는 생각이 들었다. 명확하게, 자초지종을 설명해야 했다. 그렇다면 대체 무엇을 물어야 할까? 간접적인 자료들, 가설에 지나지 않는 단서. 그것만이 사비에르에게 이르는 연결고리였다.

"사람을 하나 찾고 있습니다." 내가 말했다. "사비에르 자나타 핀투라고 합니다. 거의 일 년 전에 실종됐지요. 마지막 소식을 들은 것이 봄베이였습니다. 신지학협회와 관계가 있다고 믿을 만한 충분한 이유들이 있습니다만, 사실 제가 여기 온 것도 그 때문입니다."

"그렇게 생각하시게 된 이유들이 뭔지 여쭤봐도 되겠습니까?" 그가 물었다.

하인이 쟁반을 들고 들어왔다. 우리는 각자 조금씩 덜었다. 나는 예의상, 그는 분명 습관대로.

"그 사람이 신지학협회 회원이었는지 알고 싶습니다." 내가 말했다.

그는 나를 빤히 바라보았다. "그렇지 않았습니다." 그는 부드러운 목소리로 단언했다.

"하지만 당신과 연락을 하고 있었습니다." 내가 말했다.

"그랬을 수도 있지만, 그렇다 하더라도 그건 사적인 일이고 밝힐 필요가 없다고 봅니다."

우리는 야채 튀김을 아무 맛도 안 나는 밥에 곁들여 먹었다. 하인은 쟁반을 손에 받쳐든 채 옆에서 대기하고 있다가 그가 손짓하자 슬며시 사라졌다.

"문서보관실은 있습니다만, 회원에게만 개방합니다. 어쨌든 그곳에도 사적인 편지는 보존되어 있지 않습니다." 그가 설명했다.

나는 아무 말 없이 고개를 끄덕였다. 그가 이끄는 대로만 대화가 진행되고 있었고, 직접적이고도 지극히 명백한 요청을 계속해봤자 소용없다는 걸 깨달았기 때문이다.

"인도를 아십니까?" 잠시 후에 그가 물었다.

"아니요." 내가 대답했다. "여기 처음 옵니다. 제가 지금 어디에 있는지 아직도 잘 모르겠습니다."

"지리 얘기를 하자는 게 아닙니다." 그가 설명했다. "문화를 말씀드리는 겁니다. 무슨 책들을 읽으셨나요?"

"별로 없습니다." 내가 답했다. "지금은 『여행에서 살아남기』라는 책을 읽고 있습니다. 그런대로 도움이 되는 책이지요."

"그거 재미있군요." 그가 차갑게 말했다. "다른 건 없나요?"

"글쎄요." 내가 답했다. "몇 권 있는데, 잘 생각나지 않네요. 사실 준비 없이 왔습니다. 단 하나 분명히 기억하는 건 슐레겔의 책입니다. 슐레겔 형제 중에서 덜 유명한 쪽이 쓴 책이라고 생각되는데, 『인도인의 언어와 예지에 대하여』라는 책입니다."

그가 잠시 생각에 잠기더니 이렇게 말했다. "분명 오래된 책이군요."

"그렇지요. 1808년에 나왔습니다."

"독일 사람들은 인도 문화에 대단히 주의를 기울였지요. 특히 인도에 대해 여러 흥미로운 견해들을 내놓았습니다. 어떻게 보십니까?"

"그렇겠지요. 확실하게 말할 만큼 알고 있지는 않습니다."

"예를 들어 헤세에 대해서는 어떻게 생각하세요?"

"헤세는 스위스 사람이었지요." 내가 말했다.

"아니요, 그렇지 않아요." 그가 잘라 말했다. "독일인이었어요. 1921년에야 스위스 국적을 취득했지요."

"그러니까 죽을 때에는 스위스인이었지요." 내가 계속 주장했다.

"그에 대해 어떻게 생각하시는지 아직 얘기하지 않으셨습니다." 그가 부드러운 어조로 나를 나무랐다.

내 안에서 뭔가 강렬한 흥분 같은 것이 치미는 걸 느낀 것은 그때가 처음이었다. 벽을 따라 브론즈 흉상들이 줄지어 서 있고 유리문이 달린 책장들이 있는, 무겁고도 어두우며 답답한 방. 자기 방식대로 대화를 주도하는 오만하고 잘난 척하는 인도 사람. 어딘지 모르게 거들먹거리면서도 약삭빠른 것 같은 그의 태도. 이 모든 게 나를 불편하게 만들면서 급속도로 분노로 변해가고 있다는 걸 느꼈다. 나는 전혀 다른 이유들 때문에 온 것인데 그자는 태연히 이를 무시했다. 전화도 했고 메모도 남겼기에 내가 무얼 걱정하는지 다 알 텐데도 무관심했던 것이다. 게다가 헤르만 헤세에 관한 바보 같은 질문들로 나를 들볶고 있지 않은가. 내가 휘둘리고 있다는 느낌이 들었다.

"로솔리오를 아십니까?" 내가 물었다. "드신 적이 있나요?"

"모르는 것 같은데요. 그게 뭡니까?"

"이탈리아 리큐어인데, 지금은 찾아보기 힘듭니다. 19세기에 부르주아 살롱에서 마시던 것이지요. 달콤하고 진득진득한 리큐어입니다. 헤르만 헤세는 로솔리오를 떠올리게 합니다. 이탈리아로 돌아가면 한 병 보내드리지요. 아직도 어디선가 구할 수 있다면 말입니다."

그는 내 말이 순수한 것인지 모욕을 주자는 것인지 알지도 못한 채 나를 바라보았다. 물론 그것은 모욕이었다. 사실 난 헤세에 대해 그렇게 생각하지 않았다.

"입에 맞지 않을 것 같습니다." 그가 무미건조하게 말했다. "저는 술을 안 마시는데다 단것들도 혐오합니다." 냅킨을 접으며 그가 말했다. "이제 저쪽으로 가서 차를 드십시다."

우리는 책장 옆의 소파로 자리를 옮겼다. 마치 커튼 뒤에서 기다리고 있었다는 듯이 하인이 쟁반을 들고 다가왔다. "설탕을 넣을까요?" 그가 찻잔에 차를 따르면서 물었다.

"괜찮습니다." 내가 답했다. "저도 단것들을 좋아하지 않습니다."

궁색한 침묵이 길게 이어졌다. 눈을 감고서 꼼짝도 하지 않았다. 한순간 그가 잠에 들지 않았나 생각했다. 나이를 전혀 짐작할 수 없었다. 얼굴은 늙었지만 윤기가 철철 흘렀다. 맨발에 끈이 달린 샌들을 신고 있는 것을 그제야 알았다.

"당신은 영지주의자입니까?" 그가 눈을 계속 감은 채로 갑자기 물었다.

"아닌 것 같은데요." 잠시 후에 이렇게 덧붙였다. "아닙니다. 확실히 아니에요. 호기심만 좀 있을 뿐입니다."

그는 눈을 뜨고 악의 내지 조롱이 담긴 눈으로 나를 쳐다보았다. "당신의 호기심이 어디까지 뻗었던가요?"

"스베덴보리." 내가 말했다. "셸링, 애니 베전트. 다들 조금씩 압니다."[17] 그가 흥미를 보이는 것 같아서 설명을 더 했다. "어떤 사람들은 간접적으로 알게 되었지요. 예를 들면 애니 베전트인데, 페르난두 페소아가 번역했어요. 페소아는 포르투갈의 위대한 시인인데, 이름이 알려지지 않은 채 1935년에 죽었습니다."

"페소아라…… 맞습니다."

"그 사람을 아시나요?" 내가 물었다.

"조금이요. 다른 사람들에 대해 당신이 아신다고 하는 그 정도입니다."

"페소아는 영지주의자라고 고백한 바 있습니다." 내가 말했다. "장미십자단원이었죠. 『십자가의 길』이라는 비교祕教의 분위기가 짙은 시집을 썼습니다."

"그 책은 읽어본 적이 없지만, 그 사람 생애는 좀 압니다."

"그가 남긴 마지막 말을 아십니까?" 내가 물었다.

"아니요. 어떤 것이었지요?"

"내 안경을 주시오." 내가 말했다. "심한 근시였기에 저세상에도 안경을 쓰고 가려 했던 거지요."

미소만 지은 채 그는 아무 말이 없었다.

17 스베덴보리는 18세기 스웨덴의 신비사상가이고, 셸링은 19세기 독일관념론의 대표적 사상가로 만년에 신비주의 사상을 연구한 학자이며, 베전트는 1889년 신지학협회에 가입해 1893년 인도로 가서 1907년부터 국제신지학협회 종신 회장으로 재직하면서 인도의 개혁운동에도 힘쓴 영국의 여성 사회개혁가다.

"죽기 몇 분 전에 영어로 짤막한 메모를 남겼습니다. 페소아는 사적인 기록을 영어로 쓰는 경우가 많았지요. 영어는 제2의 언어였어요. 남아프리카공화국에서 자랐거든요. 제가 그 메모를 복사할 수 있었습니다. 글씨체가 확실하지는 않아요. 당연하지요. 페소아는 죽어가고 있었으니까요. 하지만 해독할 수는 있습니다. 뭐라 썼는지 말씀해드릴까요?"

인도인들이 동의할 때 하는 식으로 그가 고개를 갸우뚱거렸다.

"I know not what tomorrow will bring(내일 무슨 일이 일어날지 나는 모른다)."

"이상한 영어로군요." 그가 말했다.

"그렇습니다. 이상한 영어지요."

그는 천천히 일어나서 내게 앉아 있으라고 시늉을 하더니 방을 가로질러갔다. "잠깐만 실례할게요." 그가 저편 문으로 나가면서 말했다. "편안히 앉아 계십시오."

나는 천장을 올려다보며 앉아 있었다. 이미 꽤 늦은 시간일 텐데, 나의 시계는 멈춰 있었다. 침묵만이 감돌았다. 어느 방에선가 시계가 똑딱거리는 소리가 들린 듯했지만, 아마도 나무가 삐걱거리는 소리였거나 나의 상상이었는지도 모른다. 하인이 아무 말도 없이 들어오더니 쟁반을 갖고 나갔다. 가벼운 불안이 밀려들기 시작했다. 피로감과 뒤섞여 그곳에 있기가 불편하고 거북하게만 느껴졌다. 마침내 그가 돌아왔다. 자리에 앉기 전, 조그만 노란 봉투를 내게 건넸다. 나는 즉각 사비에르의 필적을 알아보았다. 봉투를 열어 메모를 읽어보았다. 사랑하는 스승이자 친구여, 사정이 녹록지 못해 그쪽으로 돌아가 아디아르 강기슭을 산책하게 될 날이 오지 않네요. 저는 야조夜鳥가 되었습니다. 그저 운명이었으려니 하렵니다. 부디 날 알았던 대로 기억해주세요. 당신의 X. 그 밑에는 '칼란구테, 고아, 9월 23일'이라고 적혀 있었다.

나는 아연실색하여 그를 바라보았다. 앉은 채로 재미나다는 듯 그가 날 뜯어보았다. "그렇다면 봄베이에 그는 없는 거군요." 내가 말했다. "고아입니다. 9월 말에는 고아에 있었던 겁니다."

그는 고개를 끄덕이기만 하고 아무 말도 하지 않았다. "그런데 왜 고아에 갔을까요?" 내가 물었다. "혹시 뭔가 짚이는 게 있으면 말씀해주시죠."

무릎 위에서 손을 깍지 끼고서 그가 조용히 말했다. "모릅니다. 당신 친구가 구체적으로 어떤 생활을 했는지 알 리 없잖습니까. 도와드리지 못해 죄송합니다. 살아가는 일이 그렇게 잘 풀리지 않았던 건지, 아니면 아마도 그분 스스로 원하셨던 건지는 모르겠습니다만, 다른 사람들 사는 꼴에 대해 너무 지나치게 알 필요는 없겠지요." 그가 계면쩍은 웃음을 지어보이며 그 주제에 대해 더 할 말이 없다는 의도를 명확히 했다. "마드라스에 더 머무르실 겁니까?"

"아닙니다." 내가 답했다. "벌써 사흘을 머물렀어요. 오늘 밤 떠날 겁니다. 장거리 버스를 이미 예약해두었습니다."

그의 두 눈에 그러지 않았으면 하는 기색이 스치는 것 같았다.

"그게 제 여행의 이유입니다." 나는 설명을 해줘야 할 필요를 느꼈다. "고아에 있는 한 문서보관소에 들러 조사를 하려고요. 제가 찾는 사람이 거기 없을 수도 있겠지만, 어쨌든 가봐야겠어요."

"이 근처에서는 어디를 가셨지요?" 그가 물었다.

"마하발리푸람과 칸치푸람에 갔습니다. 사원들은 다 둘러보았고요."

"거기서 숙박도 하셨나요?"

"네. 아주 싸구려 공립 숙박기관에서 묵었습니다. 내가 찾던 곳이었어요."

"어딘지 압니다." 그가 말했다. 잠시 후에 그가 물었다. "뭐가 가장 마음에 드셨습니까?"

"많았습니다. 그중 아마도 카일라사나타 사원이 가장 마음에 들었던 것 같아요. 아릿아릿하면서도 신비로운 뭔가가 있더군요."

그는 고개를 저었다. "이상한 표현이로군요." 그러더니 조용히 일어나 이렇게 중얼거렸다. "늦은 것 같습니다. 오늘밤에는 써야 할 것들이 아직 많이 남아서요. 배웅해드리겠습니다."

나는 일어났다. 그가 현관까지 이어진 긴 복도를 앞장서서 걸었다. 현관 앞에서 나는 잠시 멈췄다. 우리는 악수를 했다. 문을 나서는 동안 나는 짤막하게 감사를 표했다. 그는 답례로 말없이 미소를 지었다. 그러고는 문을 닫기 전 이렇게 말했다. "눈먼 과학은 불모의 땅을 일구지요. 미친 믿음은 자기를 찬미하는 꿈을 먹고삽니다. 새로운 신은 그저 하나의 말일 뿐입니다. 찾지도 말고 믿지도 마세요. 모든 건 감춰져 있습니다." 나는 계단을 몇 개 내려서서 자갈이 깔린 오솔길을 몇 발자국

걸었다. 그때 갑자기 깨달았다. 나는 얼른 몸을 돌렸다. 그건 페소아의 시 구절들이었다. 단지 그걸 영어로 말했을 뿐. 그 때문에 그게 페소아의 시라는 걸 곧바로 깨닫지 못했던 것이다. 「크리스마스」라는 시였다. 그러나 이미 문은 닫혔다. 길 끝에서 하인이 문을 닫으려고 기다리고 있었다.

7

버스는 황량한 평원과 드문드문 나타나는 잠든 마을들을 가로지르고 있었다. 길이 언덕을 이루면서 급격하게 구부러지곤 했는데, 운전사는 내가 볼 때 과장되리만큼 무심하기만 했다. 그러나 곧이어 조용한 인도의 밤 속에서 넓고 평탄한 도로로 진입했다. 야자나무 숲과 논 풍경이 지나가고 있는 것 같았는데, 그렇다고 확실히 말하기에는 어둠이 너무나도 깊었다. 버스 헤드라이트가 길이 구부러지는 곳에서야 들판을 잠깐씩 비춰줄 뿐이었다. 버스가 운행시간표 대로만 달리고 있다면, 내 짐작으로 망갈로르에서 멀지 않은 곳이었다. 망갈로르에서는 두 가지 선택이 기다리고 있었다. 고아로 가는 연결 버스를 일곱 시간을 기다렸다가 타느냐, 아니면 여관에서 하루를 보내고 그다음날 버스를 타느냐 하는 것이었다.

결정을 내리기 힘들었다. 여행하는 내내 잠을 제대로 자지 못해 굉장히 피곤했다. 하지만 망갈로르에서 하루를 지낸다는 것도 썩 내키는 일이 아니었다. 여행 책자에는 망갈로르에 대해 이렇게 쓰여 있었다. "아라비아 해안에 면한 이 도시에는 실상 과거의 유적이 전혀 남아 있지 않다. 이 도시는 근대적인 산업도시로서, 격자형으로 뻗어나간 도시계획에 따라 건설되어 개성은 찾아보기 힘들다. 인도의 도시치고 볼만한 것이 전혀 없는 곳이다."

이리저리 생각을 해보던 와중에 버스가 멈췄다. 벌써 망갈로르일 리가 없었다. 주위는 들판뿐이었다. 운전사가 엔진을 끄자 몇몇 사람들이 차에서 내렸다. 처음에는 승객들이 잠시 쉬어가는 정류장 정도일 거라고 생각했는데, 십오 분 정도 지나면서부터 이상하게 오래 머문다는 느낌이 들었다. 게다가 느긋하게 의자에 파묻혀 있는 운전사의 모양새를 보아하니 아마도 잠에 깊이 빠진 듯 보였다. 십오 분을 더 기다렸다. 버스 안에 남은 승객들은 조용히 자고 있었다. 내 앞에서는 터번을 두른 노인 하나가 바구니에서 긴 띠 같은 것을 꺼내더니, 한 바퀴 돌릴 때마다 천 주름을 조심스럽게 펴면서 끈기 있게 감고 있었다. 노인의 귀에 대고 작은 소리로 물어보았으나, 고개를 돌려 무슨 말인지 모르겠다는 듯 공허한 미소를 지은 채 나를 바라보았다. 창문 밖을 내다보았다. 길 저편, 넓게 펴진 모래밭에, 침침한 빛이 나오는 창고 같은 것이 보였다. 마치 판자로 만든 차고 같았다. 문에 한 여자가 있었고, 어떤 사람이 안으로 들어가는 게 보였다.

운전기사에게 어떻게 돌아가는 건지 물어보기로 했다. 오랜 시간 운전을 한 그를 깨우고 싶지는 않았지만, 그래도 알아봐야 할 성싶었다. 뚱뚱한 몸집의 기사는 입을 벌린 채 잠에 빠져 있었다. 어깨를 건드리자 어리둥절한 얼굴로 나를 바라보았다.

"왜 서 있는 겁니까? 여긴 망갈로르가 아니잖아요."

운전사는 몸을 일으켜세우더니 머리를 쓸어올렸다. "망갈로르는 아닙니다. 그럼요."

"그럼 왜 서 있는 거죠?"

"정류장이거든요. 연결편을 기다리는 겁니다."

내가 받은 승차권 시간표에는 정류장이 나와 있지 않았지만, 지금까지 인도에서 지내면서 이런 식의 엉뚱한 일에 익숙해진 터였다. 그래서 당황한 티를 전혀 내지 않고 그저 호기심에서 그런다는 듯 운전사에게 물어보았다. 사실 연결편이라는 것은 무다비리와 카르칼라로 가는 버스였다는 것을 알았고, 나로서는 상당히 논리적이라고 생각되는 제안을 내놓았다. "그러면 무다비리와 카르칼라로 가는 승객들만 기다리고 나머지는 그냥 가도 되지 않겠어요?"

"그쪽으로 가는 버스에는 망갈로르로 가는 우리 버스를 탈 사람들이 있거든요. 그래서 이렇게 기다리는 거요." 운전사가 당연하다는 듯 대답했다.

그가 다시 좌석에 몸을 길게 뻗어 눕는 것이 다시 자고 싶다고 일러주는 것만 같았다. 그래서 체념한 사람 말투로 다시 말을 꺼냈다. "얼마나 있을 건데요?"

"팔십오 분이요." 운전사의 그 정확한 대답이 영국식의 정중함인지 아니면 세련된 조롱의 형식인지 나로서는 알기 어려웠다. 그러고 나서 그는 이렇게 말했다. "어쨌든, 버스에서 기다리기가 피곤하시거든 내리셔도 됩니다. 내리면 바로 대합실이 있어요."

시간을 더 빨리 보내기 위해서 다리를 좀 푸는 것이 좋겠다고 결정했다. 밤은 부드럽고 축축했으며, 풀잎 냄새가 강하게 풍겨왔다. 나는 버스를 한 바퀴 돈 다음 뒷문에 기대서서 담배를 한 대 태운 뒤, '대합실'이란 곳으로 향했다. 대합실은 길고 납작한 창고였다. 입구에는 기름등이 매달려 있었고, 문설주에 누군가 나로서는 전혀 모르는 어떤 신을 채색

한 그림을 붙여놓았다. 안쪽에는 수십 명의 사람들이 벽을 따라 놓인 벤치에 앉아 있었다. 문 바로 옆에서 여자 둘이서 열심히 수다를 떨고 있었다. 버스에서 내린 몇 안 되는 승객들이 중앙에 둥글게 배치된 벤치 주변 여기저기에 흩어져 앉아 있었는데, 벤치 중심에는 기둥이 있고, 거기에는 색색의 전단들과 아마도 시간표이거나 정부 홍보물 같은 것들이 누렇게 바랜 채 붙어 있었다. 벤치 저쪽 자리에 열 살이나 되었을까 한 소년이 짧은 바지와 샌들 차림으로 앉아 있었다. 원숭이 한 마리가 소년의 어깨에 올라앉아서 머리를 소년의 머리카락 사이에 묻고 그 작은 두 손으로 소년의 목을 잡은 것이 주인에 대한 애정과 두려움을 함께 보여주는 듯했다. 입구에 달린 기름등에서 멀리 떨어진 곳에 있는 짐짝 위에서 촛불 두 개가 타고 있었다. 빛이 너무 약해서 창고 구석구석은 어둠에 잠겨 있었다.

나는 잠시 동안 서서 나한테 전혀 관심을 두지 않는 그 사람들을 바라보았다. 인도에서 혼자 동물을 데리고 다니는 어린애는 흔하게 보이지만, 이런 장소에서 혼자 원숭이를 업고 있는 이 소년은 낯설게만 느껴졌다. 순간 나에게 소중했던 한 아이가 떠올랐다. 잠자리에 들기 전에 곰 인형을 껴안고 있던 그 모습이. 원숭이를 업은 어린애에게 다가선 것은 아마도 그런 연상 때문이었을 것이다. 나는 그애 곁에 앉았다. 아이가 무척이나 맑은 눈으로 나를 바라보며 미소를 지었고, 나도 웃어주었다. 그러면서 그제야 아이의 어깨에 올라앉은 게 원숭이가 아니라 인간 형상이라는 걸 보고 몸서리를 쳤다. 그건 괴물이었다. 자연의 잔인함인지, 어떤 끔찍한 질병인지는 모르겠지만, 그의 몸 형태는 물론 크기도 비틀려 수축되어 있었다. 사지는 사정없이 꼬부라지고 뒤틀려서 정상적인 형체나 윤곽은 사라지고 기괴한 흉물만 남은 모양이었다. 방금 언뜻 본 어린애 머리카락 속에 파묻고 있던 얼굴마저도 파괴적인 병마로부터 달아나지 못했다. 꺼칠꺼칠한 피부와 상흔처럼 깊게 패인 주름살이 원숭이 같은 모양을 만들어놓았으니, 그 때문에 그것이 사람 얼굴일 거라고는 도저히 생각하지 못했던 것이다. 얼굴에 남은 인간의 흔적이라곤 눈밖에 없었다. 매우 작은 두 눈은 예리하고 지적으로 보였으나, 절박하게 닥쳐오는 거대한 위험과 그 공포에 휩싸인 듯 연신 두리번거리며 불안에 찬 시선을 발산하고 있었다.

아이가 다정하게 인사했고, 나도 응대했다. 하지만 자리에서 일어나 그리로 다가갈 용기는 나지 않았다.

"어디로 가니?" 내가 물었다.

"우린 무다비리까지 가요." 아이가 빙긋 웃으며 말했다. "찬드라나트 사원에 가는 거예요."

아이는 막힘없이 매끄러운 영어를 구사했다.

"영어를 참 잘하는구나. 누구한테 배웠니?"

"학교에서 배웠어요." 아이가 자랑스럽게 말했다. "삼 년을 다녔어요." 그러고는 가볍게 머리를 돌리며 변명하는 것 같은 몸짓을 해보였다. "이 사람은 영어를 몰라요. 학교에 다닐 수가 없었거든요."

"그렇겠지. 그럼." 내가 말했다.

아이는 자기 가슴을 꼭 끌어안고 있는 두 손을 쓰다듬었다. "형이에요. 스무 살이지요." 아이의 목소리에는 애정이 스며 있었다. 그러더니 다시 이전의 자랑스러워하는 표정으로 바꾸더니 이렇게 말했다. "하지만요, 경전은 알아요. 다 외우고 있다고요. 굉장히 똑똑해요."

나는 나만의 생각에 잠겨 잠시 한눈파는 시늉을 하면서 태연한 척 하느라 무진 애를 썼다. 아이가 설명하는 사람을 바라볼 용기가 없다는 걸 감추기 위해서였다. "무다비리에는 뭐 하러 가는 거니?"

"축제가 있거든요. 자이나교도들이 케랄라 주 곳곳에서 모여들기 때문에 요즈음에는 순례자들이 엄청나게 많아요."

"너희도 순례자로구나?"

"아니요. 우린 사원들을 여기저기 돌아다녀요. 형은 아한트예요."

"잠깐, 근데 그게 무슨 뜻인지 모르겠구나."

"아한트는 자이나교의 예언자예요." 아이가 참을성 있게 설명했다. "그는 순례자들의 카르마[業]를 읽어요. 우린 돈을 많이 번답니다."

"그럼 점쟁이로구나."

"네." 아이가 솔직하게 말했다. "과거와 미래를 보죠." 그러더니 아이는 생각이 직업적인 차원으로 돌아가는지 나에게 이렇게 물었다. "아저씨 카르마를 알고 싶으세요? 단돈 오 루피예요."

"좋다. 형한테 물어봐주겠니?"

아이는 형에게 부드러운 목소리로 말했고, 형은 그 형형한 눈으로 나를 바라보면서 아이에게 속삭이듯 대답했다.

"형이 아저씨 이마를 만져봐도 괜찮겠냐고 물어보는데요."

아이가 말을 전달했고, 그렇다는 듯이 괴물이 머리를 끄덕였다.

"필요하면 당연히 그래도 되지."

점쟁이는 뒤틀린 조막손을 뻗어 검지를 내 이마에 갖다 댔다. 그러고 날 빤히 바라보며 잠시 그대로 있었다. 손을 거둔 다음 동생에게 몇 마디 말을 속삭였다. 그에 이어 흥분된 분위기로 짧은 논쟁이 벌어졌다. 점쟁이는 쉴새없이 지껄였다. 기분이 상해서 안달하는 투였다. 이윽고 논쟁이 끝났을 때 아이는 내 쪽으로 몸을 돌리더니 꽤나 언짢은 표정으로 말했다.

"왜 그러니?" 내가 물었다. "내게도 말해줄래?"

"죄송해요. 형이 그러는데, 알 수가 없대요. 아저씨는 또다른 사람이라는데요."

"아, 그래." 내가 말했다. "내가 누구라는 거지?"

아이는 다시 형에게 말했고 형은 짧게 답했다. "그건 중요하지 않아요." 아이가 전달했다. "그건 그냥 마야이기 때문이죠."

"근데 마야는 뭐야?"

"세상의 외관이죠." 소년이 대답했다. "그저 환영이에요. 중요한 건 아트마죠." 그러고 나서는 형과 의논하더니 확신에 찬 어조로 못을 박았다. "중요한 건 아트마죠."

"근데 아트마는 뭐지?"

아이는 나의 무지에 미소를 지으며 말했다. "영혼이지요. 개인의 영혼 말예요."

어떤 여자가 들어와 우리 맞은편 벤치에 앉았다. 바구니에 어린애가 잠에 들어 있었다. 내가 쳐다보자 여자는 존중의 표시로 재빨리 얼굴 앞에 두 손을 모아 인사했다.

"우리 안에는 오로지 카르마만 있다고 알고 있어." 내가 말했다. "우리가 어떻게 존재해왔고 존재할 것인지에 대한, 우리 행위의 총합이지."

아이는 다시 미소를 지으며 형에게 말했다. 괴물은 그 조그만 눈을 게슴츠레하게 뜨고 나를 바라보더니 손가락 두 개를 펴보였다. 아이가 설명했다. "아니에요. 아트마도 있어요. 카르마와 함께, 하지만 분명 다른 거지요."

"그럼 말이다, 내가 또다른 사람이라면, 나의 아트마는 어디 있는지 알고 싶구나. 그게 지금 어디에 있는지."

아이는 형에게 통역을 했고 뒤이어 신속한 대화가 오갔다. "말해주기가 곤란하대요. 형은 그럴 능력이 안 된답니다."

"십 루피를 내면 어떻겠냐고 형한테 한번 물어봐줘." 내가 말했다.

아이가 그렇게 말했고 괴물은 그 작은 눈으로 내 얼굴을 쏘아보았다. 그러더니 나한테 직접 몇 마디 단어를 굉장히 빠르게 내뱉었다. "돈 문제가 아니라는 겁니다." 아이가 통역했다. "아저씨는 여기 있지 않아요. 어디에 존재하는지는 형도 말해줄 수 없대요." 아이는 맑은 미소를 지으며 말을 이었다. "하지만 십 루피를 주신다면 기꺼이 받겠습니다."

"당연히 줄 거야. 하지만 내가 지금 누구인지 그것만이라도 물어봐주렴."

아이는 다시 너그러운 미소를 지으며 말했다. "근데 그건 아저씨의 마야일 뿐인데, 그걸 안다고 해서 무슨 소용이 있나요?"

"그렇구나. 네 말이 맞다. 아무짝에도 쓸모가 없지." 잠시 후에 어떤 생각이 떠올랐다. "한번 알아맞혀보라고 부탁해 보겠니?"

소년은 어이없다는 듯 날 바라보았다. "뭘 알아맞히라는 거죠?"

"나의 아트마가 어디 있는지 알아맞혀보라고. 형이 예언 능력이 있다고 네가 말하지 않았니?"

내 요구를 전달하자 형이 아이에게 짧게 답했다. "해보겠다고 하는데요. 하지만 보장할 순 없대요."

"괜찮아. 그냥 해보자는 거야."

괴물은 굉장한 집중력으로 나를 뚫어지게 오랫동안 바라보았다. 그리고 손으로 뭔가 표시를 했다. 나는 그가 말하기를 기다렸지만, 말은 없었다. 형의 손가락들이 물결을 그리면서 공중에서 가볍게 움직였다. 그리고 상상의 물을 떠담으려는 듯 두 손을 움푹하게 오므리더니 몇 마디 소곤거렸다. "아저씨가 배 위에 있다고 하네요." 아이도 속삭였다. 괴물은 손바닥을 펴서 내밀고 그대로 가만히 멈췄다.

"배 위라고? 어디인지 물어봐, 어서, 무슨 배인지 말이야?"

아이는 형이 속삭이는 입에 귀를 갖다 댔다. "환한 빛이 보인대요. 그것만 보인답니다. 더 물어봐야 소용없어요."

점쟁이는 동생의 머리카락 새로 얼굴을 감추며 다시 처음의 자세로 돌아간 뒤였다. 나는 십 루피를 꺼내 쥐여주었다. 밤으로 나와 나는 담배를 꺼내 물었다. 가만히 서서 하늘과 길가를 따라 우거진 어두운 수풀 윤곽을 바라보았다. 무다비리로 가는 버스가 이제 머잖아 도착할 터였다.

8

관리인은 주름투성이 얼굴에 몸집이 자그마한 정중한 노인이었다. 머리를 둥그렇게 감싼 백발이 올리브색 피부 위에서 도드라져보였다. 완벽한 포르투갈어를 구사했으며, 내 이름을 말하자 고개를 크게 끄덕이면서 환한 웃음을 지어보였다. 나를 만나 굉장히 기쁜 것 같았다. 그는 수도원장이 저녁 미사를 주재하고 있으니 날더러 도서관에서 기다려달라고 했다고 설명하며 쪽지를 전해주었다. 거기에는 이렇게 쓰여 있었다. 고아에 와주셔서 감사합니다. 여섯시 반에 도서관에서 뵙겠습니다. 필요하신 것이 있으면 테오토니오에게 말씀해주십시오. 피멘텔 신부.

테오토니오는 잡다한 얘기를 늘어놓으면서 나를 계단 쪽으로 안내했다. 그는 스스럼없이 수다를 떠는 사람이었다. 포르투갈의 빌라두콘드에서 오래 살았으며, 지금도 부모가 거기 산다고 했다. 포르투갈 케이크, 그중에서도 특히 팡드로를 좋아한다는 얘기도 늘어놓았다.

거무튀튀한 나무 계단을 오르자 넓은 회랑이 나왔다. 빛이 잘 들지 않아 어둠침침했는데, 벽을 따라 놓인 기다란 탁자와 지구의가 보였다. 벽에는 오랜 세월 동안 색이 어두워지고 무거워진, 수염을 기른 심각한 낯빛의 사람들을 그린 실물 크기 그림들이 걸려 있다. 테오토니오는 나를 도서관 문 앞에 버려두고 굉장히 바쁜 듯 급히 내려가버렸다. 방은 크고 서늘했고 골방 냄새가 강하게 풍겼다. 책장은 상아를 박아넣은 소용돌이 모양의 바로크 양식이었는데, 보존 상태가 좋지 않아 보였다. 중앙에는 배배 꼬인 모양의 다리가 달린 길쭉한 책상 두 개가 있었고, 키 낮은 작은 책상들이 벽에 붙어 늘어섰으며, 교회 신도석 같은 긴 의자와 등나무로 만든 낡은 팔걸이의자들도 있었다. 오른편 첫번째 책장에 눈을 주자, 교부학 서적 몇 권과 17세기 예수회의 연대기들이 보였다. 나는 그중 아무거나 두 권을 뽑아들고 입구 곁에 있는 의자에 앉았다. 옆 책상에는 책 한 권이 펼쳐져 있었으나 쳐다보지도 않은 채, 뽑아든 책들 중 한 권을 펼쳤다. 『인도에서 포르투갈로 온 예수회 신부 마누엘 고디뉴가 바다와 육지를 거쳐 지나온 새로운 발자취의 기록』이라는 책이었다. 출판 사항은 이러했다. "국왕 전속 엔히크 발렌트 드 올리베이라 공방 인쇄, 리스본, 1665년." 마누엘 고디뉴는 실용적인 세계관을 갖고 살았다. 그건 힌두교 신전이 포위하고 있던 반종교개혁의 고립된 섬에서 지켜낸 가톨릭 신앙의 수호자로서의 그의 직업과 결코 모순되지 않았다. 그가 기술하는 내용은 치밀하고 상세했으며, 과장이나 꾸밈이 없었다. 그는 수도사로서, 은유와 직유를 좋아하지 않았다. 전략적인 눈으로 지구를 우호적인 지역과 비우호적인 지역으로 나눴고, 기독교의 서양을 세계의 중심으로 이해했다. 나는 국왕에게 헌정된 그 긴 서문 끝에 다다른 터였다. 그때 어떤 기별을 받아서가 아니라 그저 느낌으로, 내가 혼자가 아니라는 걸 알았다. 아마도 뭔가 가볍게 삐걱거렸거나 어떤 숨결을 느꼈는지도 모른다. 혹은 그저 어떤 시선이 우리를 주시하고 있을 때 겪는 그런 느낌이라고 하는 게 더 그럴싸할지도 모르겠다. 나는 눈을 들어 주위를 둘러보았다. 방 저편의 두 창문 사이에 놓인 소파에 어두컴컴한 덩어리 같은 것이 보였다. 처음 방에 들어왔을 때는 의자 팔걸이에 누군가 그냥 아무렇게나 던져둔 옷이라고 생각했는데, 그것이 마치 지금까지 누군가의 눈에 띄기를 기다려왔다는 듯 천천히 움직이더니 이쪽을 빤히 쳐다보았다. 볼이 홀쭉하고 얼굴이 긴 노인이 뭔가 알아보기 힘든 두건 같은 것을 머리에 쓰고 있었다.

"고아에 잘 오셨소." 그가 우물거리며 말했다. "마드라스에서 온 것은 현명하지 못했소. 도둑들이 득실거리거든."

목소리가 몹시 쉬어 있었고 때로는 글그렁거리기도 했다. 나는 어리벙벙한 채 노인을 바라보았다. '도둑'이라는 말을 쓴 것도 특이하게 느껴졌지만, 내가 어디서 왔는지 안다는 게 더욱 기묘하게 느껴졌다.

"게다가 그런 장소에서 야간에 버스가 멈춰 있었다는 건 분명 유쾌하지 않은 일이었을 거요." 그가 계속해서 말했다. "당신은 젊고 대담하지만, 무서움도 잘 타지요. 훌륭한 군인은 못 될 것 같고, 아마도 쉽게 소심해지는 성격일 거요." 노인은 부드러운 시선으로 나를 바라보았다. 왜 내가 대답을 못할 정도로 감당하기 힘든 당혹감을 느꼈는지 모르겠다. 대체 내 여정을 어떻게 알고 있었을까? 누가 알려주었단 말인가? 이런 생각이 들었다.

"걱정하시 마시오." 노인이 내 생각을 짐작한다는 듯 말했다. "난 정보원들이 많다오."

어조가 거의 협박하는 투로 들렸다. 그게 나에게는 묘한 호기심이 깃든 인상을 남겼다. 내 기억으로 우리는 포르투갈어로 얘기하고 있었다. 말투는 차갑고 가라앉아 있어서, 그의 말들과 목소리 사이에 거리가 상당히 있는 듯했다. 왜 그런 식으로 말을 할까? 나는 생각했다. 노인은 대체 누구일까? 길쭉한 그 방은 점차 어두워지고 있었고, 내 맞은편에 멀찍이 앉아 있던 그의 몸은 책상에 조금 가려져 있었다. 이 모든 것이, 당황스러운 마음과 더해져, 그의 모습을 제대로 관찰하지 못하게 했다. 그러다 어느 순간, 부드러운 모직으로 만든 삼각모를 쓴 노인의 머리와 은실 자수를 놓은 조끼에 얹혀 있는 기다란 잿빛 수염이 눈에 들어왔다. 어깨에는 소매가 넓고 고풍스러운, 커다란 검은 망토가 덮여 있었다. 내 표정에서 당황하는 기색을 읽었는지, 의자에서 일어나 미처 짐작도 못할 정도로 날렵하게 방 중앙으로 뛰어나왔다. 넓적다리에서 꺾인 긴 장화를 신고 있었고 허리에는 칼을 차고 있었다. 노인은 약간 우스꽝스러운 배우 같은 동작으로 오른손을 들어 커다랗게 반원을 그린 후 그 손을 가슴에 갖다 대더니 몹시도 큰 소리로 이렇게 외쳤다. "나는 인도 총독 아폰수 드 알부케르크[18]다."

그제야 나는 노인이 실성했다는 걸 깨달았다. 이상하게도 그걸 깨닫는 순간 노인이 진짜로 아폰수 드 알부케르크라는

18 포르투갈의 군인(1453~1515). 인도의 제2대 총독으로 고아, 믈라카, 호르무즈를 점령하여 동방 진출에 힘썼다.

생각이 들었다. 이 모든 것이 지극히 아무렇지도 않게 느껴졌다. 어떤 피곤한 무관심 같은 것이 내 안에서 피어오르면서 마치 모든 게 필연적이고 저항할 수 없는 것처럼 여겨졌다.

노인은 의심에 가득한 조그만 눈을 이리저리 굴리면서 긴장을 늦추지 않은 채 나를 이리저리 뜯어보았다. 당당하고 위엄에 찬 오만한 모습이었다. 내 말이 시작되기를 기다리고 있다는 걸 눈치채고 내가 말을 꺼냈다. 그러나 말은 내 의지의 통제를 벗어나서 제멋대로 튀어나왔다. "당신은 이반 4세[19]와 닮으셨군요. 아니, 그보다 뇌제를 연기하는 배우 같으십니다."

노인이 아무 말 없이 귀에다 손을 갖다 댔다.

"옛날 영화 이야깁니다." 내가 설명했다. "옛날 영화가 갑자기 생각난 겁니다." 이렇게 말하고 있는 동안 노인의 얼굴에 어떤 섬광 같은 것이 어른거렸다. 마치 근처 난로에서 불꽃이 타오른 것처럼 보였다. 하지만 난로 같은 건 전혀 없었고, 방은 점점 더 어두워지고 있었다. 아마도 저물어가고 있던 태양의 마지막 빛줄기가 비쳤을지도 모를 일이다.

"여긴 무얼 하러 오셨소?" 노인이 갑자기 큰 소리로 말했다. "우리가 무얼 하면 좋겠소?"

"아무것도 없습니다." 내가 말했다. "전 원하는 게 없어요. 저는 문서를 살펴보러 왔습니다. 그게 제 직업이지요. 이곳 도서관은 서양에 거의 알려져 있지 않은 곳입니다. 저는 옛날 기록을 찾고 있습니다."

노인은 결투에 나서는 배우 같은 몸짓으로 넓은 망토를 한

19 공포정치를 펼쳤던 16세기 러시아 황제로, 이반 뇌제雷帝로 불리기도 한다.

쪽 어깨 위로 젖혀 올렸다. "거짓말!" 노인이 격한 목소리로 외쳤다. "당신은 뭔가 다른 이유 때문에 여기 온 거야!"

노인의 거친 행동에 나는 움찔도 하지 않았다. 노인이 공격을 해오리라는 걱정은 없었다. 그럼에도 불구하고 나는 이상하게도 굴복한 것 같은 느낌이 들었다. 내 안에 감춰져 있던 어떤 잘못을 노인이 들춰낸 기분이었다. 나는 부끄러움을 이기지 못하고 눈을 내리깔았다. 그러자 책상에 펼쳐진 책 한 권이 눈에 들어왔다. 성 아우구스티누스였다. 이런 구절이 있었다. 어떻게 미래의 일을 예견하는가. 그건 그저 우연이었을까, 아니면 내가 그 구절을 읽기를 누군가 원했던 걸까? 그 노인이 아니라면 누구일까? 노인은 정보원들이 많다고, 분명 그렇게 말했고, 이건 나에게 어쩐지 불길하고 피할 수 없는 무엇이라는 생각이 들었다.

"사비에르를 찾으러 왔습니다." 나는 이렇게 고백했다. "그렇습니다, 사비에르를 찾고 있어요."

노인은 의기양양해서 나를 바라보았다. 이제 얼굴에는 비꼬는 표정이 떠올랐다. 아니, 경멸인지도 몰랐다. "그런데 사비에르는 누구요?"

이 질문은 어쩐지 내 귀에 배반처럼 들렸다. 묵계를 깨뜨린 것 같은 느낌이 들었기 때문이다. 노인은 사비에르가 누군지 '알고 있었고' 그러니 내게 물어봐서는 안 되었던 것이다. 그리고 나도 그가 누구인지 말하고 싶지 않았다. 적어도 그런 기분이 들었다.

"사비에르는 내 동생입니다." 나는 거짓말을 했다.

노인은 잔인하게 웃으며 나를 향해 검지를 쳐들었다. "사비에르는 존재하지 않소. 그저 환상일 뿐이오." 그가 방 전체를 껴안는 몸짓을 했다. "우리는 모두 죽었소. 아직도 그걸 몰랐단 말이오? 나도 죽었고, 이 도시도 죽었소. 전투, 땀, 피, 영광, 나의 권력, 이 모든 건 죽었소. 아무짝에도 소용없게 되어버렸소."

"아닙니다." 내가 말했다. "어떤 것은 영원히 남아 있어요."

"뭐가 말이오?" 그가 따졌다. "그의 추억이? 당신네들 기억이? 아니면 이 책들이?"

노인이 내 쪽으로 한 걸음 다가섰다. 온몸이 오싹했다. 노인이 무얼 하려는지 이미 알고 있었기 때문이다. 어떻게 알았는지는 모르지만 어쨌든 이미 알고 있었다. 그가 발치에 있던 조그만 주머니 같은 것을 장화로 걷어찼다. 보니까 그건 죽은 쥐였다. 그걸 바닥에 굴리더니 조롱하는 투로 중얼거렸다. "아니면 이 쥐가 영원하다는 건가?" 노인이 다시 웃었다. 그 웃음에 내 몸의 피가 얼어붙었다. "난 하멜른의 피리 부는 사나이[20]다!" 노인이 부르짖었다. 그러자 목소리가 부드러워졌고, 나를 교수라고 부르며 이렇게 말했다. "내가 당신을 깨웠다면 용서해주시오."

"내가 당신을 깨웠다면 용서해주시오." 피멘텔 신부가 말했다.

오십대로 접어든 신부는 단단한 골격에 표정이 밝은 사람이었다. 그가 손을 내밀었고 나는 황망히 몸을 일으켰다.

"아, 감사합니다." 내가 말했다. "나쁜 꿈을 꾸고 있었어요."

20 독일의 중세 도시 하멜른에 내려오는 전설이자 동명의 동화에 나오는 주인공.

신부는 내 옆 소파에 앉더니 다 괜찮다는 몸짓을 했다. “당신 편지를 받았습니다. 문서보관실은 언제든 편하게 이용하시고 원하시는 만큼 머무셔도 됩니다. 오늘밤에는 여기서 묵으실 것으로 생각해서 방을 하나 준비해놓도록 했습니다.” 테오토니오가 차와 팡드로처럼 보이는 케이크를 쟁반에 받쳐 가져왔다.

“감사합니다. 친절하게 대해주셔서 마음이 편합니다. 하지만 오늘밤에는 여기서 묵지 않고 칼란구테까지 갈 예정이라 차를 빌려놨습니다. 어떤 사람에 대해 뭔가를 알아내려고 다니는 중이거든요. 며칠 내로 다시 돌아오겠습니다.”

9

누구든 평생에 한 번쯤 주아리 호텔에서 묵을 일이 있을 것이다. 그 당시에는 특별히 행복한 모험이겠거니 하고 여기지 않을 수도 있으리라. 하지만 돌이켜보면, 사실 돌이켜보는 한에서는, 냄새라든가 색깔이라든가, 세면대 밑에 보이는 종을 알 수 없는 곤충과 같이 직접적인 육체적 감각이 어느 정도 여과되고 나면, 경험은 모호해져서 한껏 더 나은 이미지로 남게 마련이다. 지나간 현실은 늘 실제로 그랬던 것보다는 나쁘지 않은 법이다. 기억은 가공할 만한 위조자인 것이다. 그럴 의도가 없더라도 왜곡은 거듭 일어난다. 우리의 환상 속에는 여러 호텔이 가득하다. 조지프 콘래드나 서머싯 몸의 책들에서, 키플링이나 브롬필드의 소설을 각색한 미국 영화들에서, 우리는 벌써 여러 호텔을 만난 바 있다. 마치 그곳에 가본 듯 친근하다.

주아리 호텔에 도착한 것은 밤이 이슥해서였다. 인도에서는 흔한 일이지만 어쩔 도리가 없었다. 바스쿠다가마는 고아주에 있는 작은 마을로, 어두컴컴한 길거리에는 소들이 돌아다니고 있고, 영속하는 포르투갈의 잔재라고 할 수 있는 양복을 걸친 빈민들이 득실거리는, 유난히도 보기 흉한 곳이다. 신비감이라고는 전혀 없이 빈곤한 분위기를 풍긴다. 걸인들은 어디서든 넘쳐나지만, 이곳에는 사원도 성스러운 장소도 없고, 걸인들이 비슈누 신의 이름으로 걸식하는 일도 없고, 보시를 받더라도 축복의 말이나 기도를 무척이나 아낀다. 그들은 죽은 듯 입을 꾹 다물고 망연한 상태로 지낸다.

주아리 호텔 로비에는 반원형의 프런트가 있는데, 그 뒤에서는 뚱뚱한 남직원이 쉴새없이 전화기에 대고 떠들어댄다. 체크인을 받는 동안에도 전화기에 대고 떠들고 있고, 여전히 전화기를 들고 떠들어대면서 열쇠를 건네준다. 새벽 첫 햇살이 이제 마침내 우리가 묵었던 그 아늑한 방에서 벗어날 시간이라고 예고해주는 때에도, 직원은 단조로운 저음의 목소리로 무슨 소린지 알 수가 없는 얘기를 전화기에 대고 떠들어댄다. 주아리 호텔 직원은 대체 누구와 얘기를 하는 것인가?

문에 걸린 안내판에 못박아놓은 대로, 호텔 일층에는 넓은 식당도 있다. 그러나 그날 밤에는 불빛도 없고 탁자도 없었기에, 나는 작은 안뜰에서 식사를 했는데, 부겐빌레아를 비롯해 향기가 강렬한 꽃들이 피어 있는, 나지막한 탁자에 조그만 나무 의자가 놓인 곳이었다. 가재만 한 왕새우와 망고 케이크를 먹고, 홍차와 함께 계피 맛이 나는 와인을 마셨다. 전부 합해야 겨우 삼천 리라 정도밖에 안 된다는 점이 내 마음을 달래주었다. 안뜰 한쪽은 수많은 베란다에 둘러싸여 방에서 내다뵈도록 연결되어 있었다. 하얀 토끼 한 마리가 마당에 놓인 바위들 사이로 뛰어다녔다. 인도인 가족이 저편 탁자에서 저녁을 먹고 있었다. 내 옆 탁자에는 나이를 가늠하기 힘든, 빛바랜 미모의 금발 여성이 앉아 있었다. 그녀는 인도식으로 세 손가락을 사용해 제법 야무지게 작은 공 모양으로 밥을 뭉쳐

소스에 찍어먹었다. 영국 사람처럼 보였는데, 실제로 그랬다. 넋 나간 것 같은 시선이 언뜻 스치곤 했는데, 그저 이따금씩 그랬을 뿐이다. 이후에 그녀가 어떤 이야기를 들려주기는 했으나, 여기서 할 만한 이야기는 아닌 것 같다. 불편한 꿈이었을 수도 있다. 가뜩이나 주아리 호텔은 장밋빛 꿈을 꾸도록 해주는 곳이 아니다.

10

"저는 필라델피아에서 우편배달을 했지요. 열여덟 살에 벌써 어깨에 가방을 메고 길을 누볐습니다. 아스팔트가 당밀처럼 끈적거리는 여름이든 눈이 얼어붙은 빙판에서 넘어지곤 하는 겨울이든, 매일 아침마다 어김없이 말이죠. 그렇게 십 년 동안 편지를 배달했습니다. 제가 배달한 편지가 얼마나 많은지 모르실 겁니다. 수만 통은 될 겁니다. 봉투에는 어김없이 근사한 상류층 호칭들이 붙어 있었죠. 세계 각지에서 온 편지들이었어요. 마이애미, 파리, 런던, 카라카스. 안녕하십니까, 고객님. 안녕하세요, 고객님. 저는 우편배달부입니다."

그는 손을 들어 해변에서 놀고 있는 아이들을 가리켰다. 해가 뉘엿뉘엿 지고 있었고 물은 반짝거렸다. 허리에 천을 둘렀을 뿐인 반나체의 어부들이 우리 옆에서 배를 손질하고 있었다. "여기서 우린 다 똑같지요." 그가 말했다. "상류층은 없어요." 그가 조롱하는 것 같은 표정으로 나를 바라보았다. "당신도 특권층이오?"

"글쎄요, 어떻게 보시는지요?

그가 떠름히 나를 바라보았다. "대답은 나중에 하겠습니다." 그러더니 우리 왼쪽으로 모래언덕에 기대어 솟아오른, 야자나무 잎으로 만든 오두막들을 가리켰다. "우린 저기 삽니다.

우리 마을이지요. 선빌리지라고 합니다." 그는 종이와 잘게 썬 담뱃잎이 든 조그만 나무 상자를 꺼내더니 담배를 한 대 말았다. "담배 피우십니까?"

"보통 때는 안 피웁니다." 내가 말했다. "근데 지금은 피우고 싶군요. 한 대 주신다면 말입니다."

그가 내 몫으로 담배를 말며 말했다. "이 향이 참 좋습니다. 기분을 즐겁게 하지요. 당신은 행복한가요?"

"이야기가 재밌군요. 계속해서 얘기 좀 해주시죠."

"음, 좋지요." 그가 말했다. "어느 날 필라델피아의 한 거리를 걷고 있었죠. 굉장히 추웠어요. 편지를 배달하러 가는 길이었는데, 아침이었고, 거리에는 눈이 엄청나게 내렸지요. 필라델피아는 정말 혹독했어요. 거대한 길들을 가로질러 길고 어두운 골목길로 접어들었어요. 단 한 줄기 햇살만이 짙은 안개를 꿰뚫고 간신히 그 골목길을 비추고 있었습니다. 내가 잘 아는 길이었어요. 매일같이 편지를 배달했거든요. 자동차 정비공장 벽으로 이어지는 막다른 길이었어요. 근데 말입니다. 그날 제가 무얼 보았는지 아십니까? 한번 알아맞혀보세요."

"전혀 모르겠는데요."

"알아맞혀봐요."

"항복하겠습니다. 너무 어려워요."

"바다였습니다." 그가 말했다. "바다를 봤어요. 골목길 끝에 하얀 거품을 일으키며 파도가 일렁이는, 곱고 푸른 바다와 모래와 야자수가 있는 해변이 있었어요. 어떻게 생각하세요?"

"기이하군요."

"저는 마이애미나 아바나에서 온 엽서들이나 영화관에서

바다를 봤었는데요. 그것들과 똑같은 바다, 대양이 있었던 겁니다. 하지만 아무도 없고 황량한 해변만 있는, 그런 바다였습니다. 저는 생각했지요. 바다가 필라델피아로 왔구나. 그러고 나서 또 생각했습니다. 이건 기적이야. 책에서 읽은 대로 말이야. 당신 같으면 어떤 생각을 했겠습니까?"

"같은 생각을 했겠지요." 내가 말했다.

"그렇죠. 그런데 바다는 필라델피아까지 올 수 없습니다. 사막에서는 신기루란 것이 일어나지요. 태양이 따갑게 내리쬐고 목이 타들어갈 때 말입니다. 그날 지독히도 추웠고, 더러운 눈이 세상을 덮고 있었어요. 그래서 저는 더더구나 그 바다에 이끌려서는, 천천히 거기로 다가갔습니다. 날씨가 춥다고 해도 바다에 뛰어들 심산이었죠. 그 푸름이란 것은 하나의 초대였으니까요. 파도가 반짝거리고 태양은 밝게 빛나고." 그는 잠시 뜸을 들이며 담배 연기를 뿜어냈다. 그날을 되살리면서 공허하고 먼 곳을 바라보는 표정으로 미소를 지었다. "그건 그림이었습니다. 그 개자식들이 바다를 그려놓았던 겁니다. 필라델피아에는 이따금 그런 놈들이 있지요. 시멘트벽에 골짜기나 숲 따위 같은 풍경화를 그리는 놈들 말입니다. 그렇게 해서 그 똥 같은 도시에 산다는 느낌을 덜 갖게 된다는 거죠. 저는 어깨에 가방을 멘 채 벽에 그려진 그 바다 바로 앞에 서 있었어요. 골목 막다른 곳에서는 바람이 으르렁거리는데, 금빛 모래 아래에서는 휴지 조각과 마른 잎들, 그리고 플라스틱 같은 것들이 한 무더기 나부끼고 있었죠. 필라델피아의 그 더러운 해변. 저는 잠시 그걸 바라보며 생각했어요. 바다가 토미한테 오지 않으니 토미가 바다로 가는 거로군. 어떻습니까?"

"제가 알고 있는 것과 좀 다르긴 합니다만, 기본 개념은 같네요."

그가 웃었다. "바로 그겁니다. 그래서 제가 그때 무얼 했는지 아세요? 알아맞혀보세요."

"전혀 모르겠습니다."

"알아맞혀보세요."

"항복하겠습니다. 너무 어려워요."

"저는 쓰레기통 뚜껑을 열고 그 속에다 제 우편물 가방을 던져버렸습니다. 거기서 잘 쉬렴, 편지들아. 그러고 나서 중앙우체국으로 뛰어가서 국장에게 면담을 요청했습니다. 세 달치 월급을 가불해주세요, 아버지가 중병에 걸려 병원에 있습니다, 여기 의사가 써준 증명서를 보십시오, 하고 말했지요. 국장이 이렇게 말하더군요. 먼저 이 서류에 서명하시오. 그래서 서명을 했고 전 돈을 받았습니다."

"근데 아버지가 정말로 병에 걸리셨던가요?"

"그건 사실이었어요. 암이었지요. 하지만 필라델피아의 그 고객님들한테 계속해서 편지를 날랐다 해도, 아버지는 돌아가셨을 겁니다."

"그건 그렇군요." 내가 말했다.

"저는 딱 한 가지만 가져왔어요. 알아맞혀보세요."

"정말이지 너무 어렵네요. 안 되겠어요. 항복합니다."

"전화번호부." 그가 만족스러운 듯 말했다.

"전화번호부라고요?"

"그래요. 필라델피아 전화번호부. 그게 내 짐의 전부였습니다. 미국 생활에서 남은 유일한 것이지요."

"어째서 그랬는데요?" 내가 물었다. 일이 재미있게 전개되고 있었다.

"엽서를 쓰려고요. 이제 필라델피아 고객님들께 제가 엽서를 쓸 차례인 겁니다. 아름다운 바다가 있고 칼란구테의 황량한 해변이 그려진 엽서, 그 뒤에 제가 글을 쓰지요. 우체부 토미가 인사 올립니다. C로 시작하는 고객들까지 썼어요. 물론 제가 관심 없는 구역들은 건너뜁니다. 우표를 붙이지 않고 쓰니, 요금은 수신자가 지불하는 것이죠."

"얼마나 이곳에 계셨습니까?" 내가 물었다.

"사 년이요."

"필라델피아 전화번호부는 상당히 길 텐데요."

"그렇습니다. 두껍지요. 하지만 그렇게 서두르지는 않아요. 산다는 건 길지 않습니까."

해변 위에서 사람들이 거대한 불을 붙여놓은 터였다. 몇몇은 노래를 부르기 시작했다. 네 사람이 무리에서 떨어져나와 우리 쪽으로 다가왔다. 머리에 꽃을 달았고 만면에 미소를 띠고 있었다. 여자는 여남은 살 되는 여자애 손을 잡고 있었다.

"축제가 시작되려 합니다." 토미가 말했다. "흥겨운 축제가 될 겁니다. 추분이거든요."

"추분이라니요! 추분은 9월 23일이에요. 지금은 12월이라고요."

"그러니까 결국 그게 다 그런 거 아닙니까." 토미가 응수했다. 여자애가 그의 이마에 입을 맞추고 다른 사람들과 함께 저쪽으로 갔다.

"다들 그렇게 젊은 사람들은 아니로군요. 중년 부모들처럼 보입니다."

"처음으로 이곳에 함께 왔던 사람들이죠." 토미가 말했다. "말하자면 필그림[21]들인 거죠." 그리고 나를 빤히 쳐다보더니 말했다. "그런데 왜, 어째서 이곳에 오셨습니까?"

"그들과 같습니다."

"있잖아요." 그가 담배를 새로 준비해서 둘로 나눠 반을 내밀며 물었다. "무슨 일로 여기에 계신 건데요?"

"사비에르라는 사람을 찾고 있어요. 이곳 어디쯤에 들렀을지도 몰라서요."

토미는 머리를 흔들었다. "근데 당신이 찾는다고 그 사람이 좋아할까요?"

"모르겠어요."

"그럼 찾지 마세요."

나는 사비에르의 모습을 자세히 설명해주었다. "웃을 때 슬퍼 보입니다." 나는 이렇게 끝을 맺었다.

무리에서 한 여자가 떨어져나오더니 우리를 불렀다. 토미가 오라고 부르자 그녀가 우리를 향해 다가왔다. "제 파트너예요." 토미가 설명했다. 공허한 눈에 빛바랜 금발이었는데, 머리를 어린애처럼 두 갈래로 땋아 늘어뜨렸다. 조금 불안정하게 몸을 흔들어대면서 걸어왔다. 토미는 내가 조금 전에 설명한 대로 이러저러한 사람을 아는지 그녀에게 물었다. 어색하게 웃기만 할 뿐 아무런 대답이 없었다. 그러더니 얌전히 우리를 향해 손을 내밀며 소곤거렸다. "만도비 호텔이에요."

"축제가 시작됩니다." 토미가 말했다. "같이 가시죠."

우리는 쌍동선처럼 평형장치가 조야하게 달린, 아주 원시적인 어떤 배 고물에 앉아 있었다. "좀 나중에 가야 될 것 같

21 특히 미대륙 개척 시대에 대서양을 건넌 영국의 청교도를 가리키는 말.

은데요." 내가 말했다. "배에서 누워 선잠을 좀 잘까 해서요." 그들이 멀어져가는 동안 나는 그냥 있지 않고 소리를 질렀다. 나도 고객님이었던 건 아닌지 말해주지 않은 것 아니냐고. 토미는 멈춰 섰고 팔을 치켜들더니 말했다. "알아맞혀보세요."

"항복합니다." 내가 소리쳤다. "너무 어려워요." 나는 안내서를 꺼내 성냥을 몇 개비 켜들었다. 그리고 금방 찾아냈다. 훌륭한 식당이 딸린 '대중적인 톱클래스 호텔'이라고 묘사되어 있었다. 장소는 이전에 노바고아라 불렸던 파나지에 있는 내륙. 갑판에 몸을 쫙 펴고 누워서 하늘을 바라보았다. 밤은 실로 장려했다. 나는 별자리를 좇으며 별들에 대해, 우리가 별자리를 연구하던 시절에 대해, 그리고 천문대에서 보내곤 했던 오후에 대해 생각했다. 빛의 강도에 따라 분류한 순서대로, 즉시 그때 배웠던 것들이 떠올랐다. 시리우스, 카노푸스, 켄타우로스, 베가, 카펠라, 아르크투루스, 오리온…… 그러고 나서 빛이 변하는 별들과 내게 친숙한 어떤 사람의 책을 생각했다. 그다음에는 빛이 꺼진, 그러나 그 빛은 여전히 우리에게 도달하는 중인 별들에 대해 생각했고, 진화의 마지막 단계에 이른 중성자별에 대해, 그것이 방출하는 가냘픈 빛에 대해 생각했다. 나는 나직하게 읊조렸다. 펄서.[22] 그러자 나의 속삭임으로 다시 잠에서 깨기라도 한 것처럼, 마치 내가 녹음기를 재생시키기라도 한 것처럼, 스티니 교수의 냉담한 콧소리가 들려왔다. 죽어가는 별의 질량이 태양보다 두 배 이상 커지면, 그 별은 수축을 저지할 수 있는 물질 상태로는 더이상 존재하

22 눈에 보이지는 않으나 1초에 1회 이상 회전하면서 규칙적으로 강한 빛과 약한 빛을 내는 중성자별.

지 못해서 무한대로 수축이 진행되지. 별에서 방출되는 것은 아무것도 없고, 그렇게 해서 블랙홀로 변하는 거야.

11

산다는 건 그냥 우연이다. 만도비 호텔은 만도비 강둑 바로 옆에 지어졌기에 이름을 그렇게 지었다. 만도비는 넓고 도도한 강이다. 하구에는 바다와 거의 구별되지 않는 백사장이 넓게 펼쳐져 있다. 왼쪽은 파나지 항인데, 작은 배들이 정박하는 하천의 항구다. 물건을 선적한 바지선들, 다 낡아빠진 잔교 두 개, 그리고 녹슨 하역대가 하나 있다. 그곳에 도착했을 때 마침 부두 바로 가장자리에서 달이 솟아오르고 있었는데, 마치 강에서 둥실 떠오르는 것 같았다. 노란 후광을 주위에 두른, 핏빛을 띤 보름달이었다. 나는 생각했다. 붉은 달. 그리고 본능적으로 오래된 노래를 휘파람으로 불고 있었다. 상념은 짧은 파편들처럼 몰려왔다. 나는 어떤 이름을 생각했다. 호스. 곧이어 사비에르가 하던 말이 떠올랐다. "난 밤에 우는 새가 되었네." 그때 모든 것이 지극히 분명해졌다. 분명하다 못해 내가 어리석게 느껴지기까지 했다. 그러고 나서 생각했다. 왜 진작 그런 생각을 못 했단 말인가?

호텔에 들어가서 주위를 둘러보았다. 오십년대 말에 지어진 만도비 호텔은 벌써 낡은 느낌이 들었다. 아마도 포르투갈 사람들이 아직 고아에 머무르던 시절에 세워졌을 것이다. 뭐 때문인지는 몰라도, 당시의 파시즘 분위기가 보존되어 있다는 생각이 들었다. 어쩌면 기차역 대합실 같은 널따란 로비 탓인지, 혹은 우체국이나 관공서에서 흔히 보게 되는 개성이 없고 사람을 지치게 하는 집기들 때문인지도 모르겠다. 프런트 뒤에는 직원 두 명이 있었는데, 하나는 커다란 줄무늬 튜닉을 입었고, 약간 낡은 검은색 재킷을 입은 다른 사람은 그에게 거드럭거리는 분위기를 풍겼다. 나는 검은색 재킷에게 가서 여권을 보여주었다.

"방 하나 주세요."

장부를 뒤적이더니 그가 고개를 끄덕였다.

"강이 내다뵈는 테라스가 달린 방이면 좋겠어요." 내가 못을 박았다.

"알겠습니다." 직원이 말했다.

"당신이 매니저입니까?" 숙박부를 채우며 물었다.

"아닙니다. 매니저는 지금 안 계십니다. 하지만 뭐든 필요한 게 있으면 저한테 요청하시면 됩니다."

"나이팅게일 씨를 찾고 있는데요." 내가 말했다.

"나이팅게일 씨는 이제 여기 없습니다." 직원이 무덤덤하게 말했다. "떠나신 지 좀 됐습니다."

"어디로 갔는지 아십니까?" 나도 덤덤한 어조를 유지하느라 애쓰면서 물었다.

"보통 방콕에 가십니다. 나이팅게일 씨는 여행을 자주 하시지요. 사업상으로 말입니다."

"그건 알고 있어요. 그런데 혹시 돌아왔나 싶어서요."

직원은 숙박부에서 눈을 들어 당황스러운 얼굴로 바라보았다. "그 점은 말씀드릴 수 없습니다, 손님." 그가 정중히 답했다.

"제 생각에 좀더 자세한 정보를 줄 만한 자리에 있는 누군가가 호텔에 있을 것 같은데요. 중요한 일로 그를 찾아왔습니다. 유럽에서 부러 왔어요." 이렇게 말할 때 그가 망설이는 순간을 놓치지 않았다. 나는 이십 달러짜리 지폐를 하나 꺼내서 여권에 끼워넣었다. "일에는 돈이 들지요." 내가 말했다. "공치는 여행을 하면 기분이 좋지 않습니다, 안 그렇습니까?"

직원은 지폐를 빼고서 여권을 돌려주었다. "사실 요즈음 나이팅게일 씨는 여기에 거의 오지 않으십니다." 그가 계면쩍은 얼굴로 말했다. "아시겠지만" 하고 그가 말을 이었다. "저희 호텔은 좋은 호텔이지만, 특급 호텔하고 경쟁은 되지 않습니다." 아마 그제야 직원은 자기가 너무 말이 많다는 사실을 깨달았던 것 같다. 그리고 내가 그의 수다에 뭔가 크게 기대하고 있다는 것도 알아차린 것 같았다. 그건 한 찰나에, 한 번의 시선으로 일어난 일이다.

"나이팅게일 씨와 다급히 마무리해야 할 일이 있습니다." 이제 일이 다 글렀다는 느낌이 선명하게 들면서도 나는 그렇게 말했다. 내 짐작은 맞아떨어졌다. "저는 나이팅게일 씨 일하고는 전혀 상관없는 사람입니다." 그가 친절하지만 단호한 태도로 말했다. 그리고 직업적인 투로 말을 이었다. "얼마나 머무르실 예정인지요, 손님?"

"오늘밤만 머무를 거요."

직원이 열쇠를 건넬 때 식당이 몇 시에 여는지 물어보았다. 그는 식당이 여덟시 반에 열며, 메뉴에서 주문해도 되고 뷔페를 이용해도 되며, 뷔페는 식당 한가운데에 차려질 거라고 훑어내리듯 대답했다. "뷔페에는 인도 음식만 있습니다." 나는 직원에게 감사하다고 말하고 열쇠를 받아들었다. 그리고 승강기 앞까지 갔다가 다시 돌아가서 천연덕스럽게 물었다. "나이팅게일 씨가 호텔에 오면 그 식당에서 식사를 했을 것 같은데요." 무슨 말인지 잘 모르겠다는 듯 그가 날 쳐다보았다. 그러더니 자신만만하게 대답했다. "당연하지요. 저희 식당은 도시에서 최고급 식당 중 하나거든요."

인도에서는 와인이 무척 비싸다. 거의 전량을 유럽에서 수입한다. 와인을 마신다는 것, 그것도 고급 레스토랑에서 와인을 마신다는 건, 어떤 특권의 상징이다. 내 손에 든 안내서에도 와인을 주문하면 총지배인이 직접 서비스한다고 씌어 있었다. 나는 와인을 마셔보기로 했다.

지배인은 머리에 포마드를 잔뜩 바르고 눈에 검은 기미가 낀, 체격이 우람한 사내였다. 프랑스 와인을 발음하는 것이 듣기에 매우 거북했지만, 그래도 그는 종류마다 특징을 설명하느라 전력을 기울였다. 부분적으로 대충 얼버무린다는 인상을 받았지만 그냥 지나치기로 했다. 나는 지배인을 한참이나 세워놓은 채 와인 리스트를 꼼꼼히 살펴보았다. 돈이 바닥나고 있었지만, 이번 목적을 위해 돈을 쓸 마지막 기회였다. 나는 이십 달러짜리 지폐를 한 장 꺼내서 메뉴판 사이에 끼워 넣고 메뉴판을 덮어 그에게 건넸다. "선택하기 어렵군요. 나이팅게일 씨가 마실 법한 와인을 갖다주시오."

지배인은 눈썹 하나 까딱하지 않았다. 뻣뻣한 자세로 갔다가 이내 로제 드 프로방스 한 병을 들고 돌아왔다. 신중히 마개를 따더니 맛을 보도록 아주 소량을 잔에 따랐다. 맛보

긴 했으나 나는 아무 말도 하지 않았다. 그 역시 꼼짝하지 않았다. 이제 비책을 시도할 때가 왔다고 결심했다. 한 모금을 내처 마시고는 이렇게 말했다. "나이팅게일 씨는 특상품만 마신다는 걸 내가 알고 있는데, 당신은 어떻게 생각하시오?"

지배인이 무표정한 눈빛으로 병을 바라보았다. "모르겠습니다, 손님. 취향들이 다 다르시니까요." 그가 태연히 답했다.

"사실 말이지만 내 취향도 몹시 까다롭습니다." 내가 되받았다. "최상품이 아니면 돈을 안 씁니다." 내 말에 무게감을 싣기 위해 일단 말을 끊었다. 동시에 그에게만 진심을 털어놓는다는 느낌을 주기 위해서이기도 했다. 마치 어떤 영화 속에 들어간 기분이 들었고, 나는 제법 게임을 즐기고 있었다. 슬픔은 뒤늦게 올 것이었다. 난 그걸 알고 있었다. "아주 최상품 말입니다." 한 글자씩 또박또박 반복해서 강조했다. "몇 방울 말고, 양으로도 풍부하게 말이오."

그가 무표정하게 내 잔을 다시 쳐다보더니 결투를 계속해 나갔다. "와인이 손님 취향이 아닌 것 같습니다."

판돈을 올리라는 얘기로 들려 불쾌했다. 내 재정이 이미 고갈 상태로 들어가고 있었지만, 현 시점에서 끝까지 한번 해볼 만한 가치는 있었다. 그리고 또 피멘텔 신부한테 부탁하면 틀림없이 돈을 빌릴 수 있을 터였다. 그래서 값을 올리라는 걸 받아들이기로 하고 이렇게 말했다. "리스트를 갖다주시오. 더 나은 걸로 골라야겠소."

지배인은 식탁 위에 리스트를 올려놓았고, 나는 거기에 이십 달러짜리 지폐를 또 한 장 끼워넣었다. 그리고 아무 와인이나 가리키며 말했다. "나이팅게일 씨라면 이 와인을 좋아할 것 같지 않소?"

"물론입니다." 지배인의 대답은 신중했다.

"그분께 직접 물어보면 어떨까 하는 호기심이 드는군요. 이 점에 대해서는 어떻게 생각하십니까?"

"제가 볼 때 그분 같으면 해변에 위치한 고급 호텔을 찾을 것 같습니다." 그가 말했다.

"해변에는 호텔들이 상당히 많던데요. 정확히 하나를 골라잡기란 어렵네요."

"가장 좋은 호텔은 딱 둘입니다." 지배인이 대답했다. "못 찾으실 리가 없습니다. 포트 아구아다 비치와 오베로이 호텔입니다. 둘 다 근사한 곳에 자리하고 있습니다. 해변이 참으로 매혹적이고 야자나무들이 해변까지 펼쳐져 있지요. 틀림없이 둘 다 그분 입맛에 맞으실 겁니다."

나는 자리에서 일어나 뷔페 쪽으로 걸어갔다. 여남은 개의 요리가 알코올램프에 달궈지고 있었다. 여기저기서 아무거나 음식을 집어 접시에 담았다. 그리고 접시를 손에 든 채, 열린 창문 곁으로 갔다. 달은 이미 높이 솟아 강물을 아름답게 비췄다. 진즉에 예측했던 대로, 이제 우수가 몰려오고 있었다. 배가 고프지 않다는 걸 깨달았다. 식당을 가로질러 출구로 향했다. 방을 나갈 때 지배인이 가볍게 고개를 숙였다. 내가 말했다. "와인은 방으로 갖다주시오. 테라스에서 마실까 합니다."

12

“이런 식상한 말을 해서 그렇지만, 어쩐지 아는 사이라는 느낌이 드네요.” 이렇게 말하며 카운터에 놓인 그녀의 술잔에 내 잔을 부딪쳤다. 여자가 웃으며 말했다. “저도 그런 느낌이 들어요. 오늘 아침 제가 파나지에서 택시로 올 때 어떤 외국인과 동행했는데, 당신이 이상하게 그 사람을 닮았어요.”

나도 웃었다. “맞아요. 더 꾸며봐야 소용없겠지요. 그 사람이 바로 나예요.”

“택시 요금을 나눠 낸 것은 정말 멋진 생각 아니었어요?” 그녀가 실용주의자 흉내를 냈다. “여행 책자들을 보면 인도에서 택시가 무척 싸다고 나오는데, 사실 눈이 튀어나올 만큼 비싸잖아요.”

“나중에 믿을 만한 안내서를 소개해드리죠.” 내가 장담하듯 말했다. “우리가 탄 택시는 시외 주행을 했는데, 그 경우 요금이 세 배로 뛰죠. 렌트카를 이용해봤는데, 너무 비싸서 중간에 돌려주고 말았어요. 저로서는 어쨌든 당신처럼 멋진 동반자와 함께 여행한 게 최고의 수확이군요.”

“그만 좀 하세요.” 그녀가 말했다. “이런 열대의 밤에 야자나무로 둘러싸인 이런 호텔에 있다는 점을 악용하지 마세요.

저는 칭찬에 약한 사람이니 당신 말에 아무 저항도 못 하고 금방 넘어가버린단 말예요. 이러시면 안 된다고요." 그녀도 잔을 들었고, 우리는 다시 웃었다.

만도비 호텔의 지배인을 매혹시켰던 우아함은 조금도 틀리지 않았다. 오베로이 호텔은 우아함 그 이상이었다. 호텔은 반달형의 하얀 건물이었는데, 북쪽으로는 곶이 튀어나와 있고 남쪽으로는 길게 늘어선 절벽이 보호해주는 작은 만이 있어, 호텔이 자리잡은 해변 곡선을 완벽히 재현해주고 있었다. 중앙 홀은 테라스까지 거침없이 이어지는 거대하게 열린 공간이었다. 단지 홀과 테라스 양쪽에서 쓸 수 있는 바의 스탠드가 둘을 나눠놓고 있었다. 테라스에는 저녁식사를 위해 꽃과 불빛으로 장식한 식탁들이 준비되어 있었다. 피아노 한 대가 어둠 속 어디선가 숨어서 서양 음악을 잔잔히 연주하고 있었다. 잘 생각해보면 이 모든 게 사치스러운 여행에 잘도 들어맞는 것이었다. 하지만 그때 그것이 싫지는 않았다. 테라스 탁자에는 성급한 손님들이 벌써부터 자리를 잡고 있었다. 나는 눈에 잘 띄지 않는, 약간 어두운 구석 자리를 하나 잡아달라고 웨이터에게 말했다. 그리고 식사 전에 마실 술을 한 잔 더 주문했다.

"알코올이 아니라면 괜찮아요." 여자가 말했다. 그리고 장난 섞인 투로 말을 이었다. "너무 서두르시는 것 같은데요. 어째서 제가 저녁식사 초대를 받아들일 거라고 보시는 거죠?"

"진심으로 말씀드리지만 당신을 초대할 의도는 전혀 없었어요." 내가 순진하게 고백했다. "제 빈약한 재정이 거의 바닥났기 때문에 각자 돈을 내야 할 겁니다. 그저 같은 식탁에서 식사하는 겁니다. 둘 다 혼자 여행중이니 서로 동료가 되는 것도 좋겠다고 생각했어요."

여자는 아무 말 없이 웨이터가 갖다놓은 과일 주스만 마시고 있었다. "우리가 서로 모르는 사이는 아니지요." 내가 말을 이었다. "오늘 아침에 알았잖아요."

"서로 소개도 하지 않았죠." 여자가 반박했다.

"그거야 쉽게 메울 수 있는 결례지요. 제 이름은 호스입니다."

"저는 크리스틴이에요." 여자는 이렇게 말하고 잠시 후 덧붙였다. "이탈리아 이름이 아니죠, 그렇죠?"

"뭐가 문제지요?"

"뭐, 사실 문제는 없어요." 여자가 받아들였다. 그리고 한숨을 내쉬었다. "당신은 정말 사람을 꼼짝 못하게 하는군요."

내가 그녀를 사로잡거나 할 의도는 전혀 없으며, 같은 처지의 동료들처럼 얘기하면서 유쾌한 저녁식사나 하자는 생각이었다고 말해주었다. 요컨대 이런 건 흔히 있는 일이니 말이다. 여자는 어색한 듯 애원하는 표정으로 나를 바라보았다. 그리고 계속해서 반쯤 농담조로 말했다. "아니에요. 부탁이니 제 마음을 좀 사로잡아주세요. 아름다운 얘기를 해주세요. 정말이지 그런 얘기를 듣고 싶어요." 나는 여자더러 어디서 왔느냐고 물었다. 여자는 바다를 바라보며 말했다. "캘커타에서 왔어요. 도중에 퐁디셰리에 잠깐 들렀고요. 아직도 거기 살고 있는 제 동포들과 관련된 얼빠진 일을 하느라고 말예요. 그전에는 캘커타에서 한 달을 있었어요."

"캘커타에서는 무슨 일을 하셨는데요?"

"비굴함을 사진으로 찍었죠." 크리스틴이 대답했다.

"그런 건 어떤 거죠?"

"비참함이죠. 쇠락, 공포. 좋을 대로 부르세요."

"왜 그런 일을 하셨어요?"

"그게 직업이에요. 그걸 해서 돈을 벌어요." 여자는 벌어먹고 살기 위해 어쩔 수 없지 않느냐는 몸짓을 해보였다. 그리고 나에게 물었다. "캘커타에 가보신 적 있나요?"

나는 고개를 저었다. "가지 마세요." 크리스틴이 말했다. "그런 실수는 절대 하지 마세요."

"당신 같은 사람이라면 살면서 볼 수 있는 모든 걸 볼 필요가 있다고 생각하실 줄 알았어요."

"아니에요." 여자가 확신에 찬 목소리로 대답했다. "가능한 한 뭐든지 안 보는 게 좋아요."

웨이터가 식탁이 준비됐다면서 테라스까지 안내했다. 요청한 대로 좋은 구석 자리였다. 밖의 수풀 바로 옆으로 따로 떨어져 있었다. 다른 탁자들도 볼 수 있도록 내가 그녀 옆에 앉아도 되는지 물어보았다. 웨이터는 오베로이 호텔 같은 특급 호텔들의 웨이터들이 그러하듯 절도 있고 신중했다. 인도 요리를 먹겠다고 했던가, 바비큐를 먹겠다고 했던가? 웨이터는 물론 참견하려 들지 않았으나, 칼랑구트 어부들이 오늘 바닷가재가 담긴 바구니들을 가져와 테라스 아래편에 잔뜩 쌓아놓았고 요리사들은 대기하고 있는 형편이었다. 과연 하얀 모자를 쓴 요리사와 함께 야외에 설치된 화로들에서 불꽃이 이는 게 보였다. 웨이터의 권유를 받은 김에 나는 테라스와 다른 식탁들, 그리고 식사하는 사람들을 둘러보았다. 전체 조명은 굉장히 흐렸고, 식탁마다 초를 켜놓긴 했으나, 좀 집중해서 봐야 사람들을 분간할 수 있을 정도였다.

"제가 하는 일을 얘기했어요." 크리스틴이 말했다. "그럼 당신은 무슨 일을 하시죠? 원치 않으시면 대답 안 하셔도 돼요."

"글쎄요, 뭐, 예컨대 책을 한 권 쓰고 있다고 해둡시다."

"어떤 책인가요?"

"어떤 책이죠."

"소설인가요?" 크리스틴이 빈틈없는 눈초리로 물었다.

"그 비슷한 겁니다."

"그럼 소설가시군요." 여자가 따져 물었다.

"아닙니다. 그저 경험 삼아 써보는 겁니다. 제 직업은 따로 있어요. 죽은 쥐들을 찾는 일이지요."

"뭐라고요?!"

"농담입니다. 고문서들을 뒤져서 오래된 연대기들이나 시간 속에 파묻힌 것들을 찾아내는 것. 그게 제 직업입니다. 그걸 죽은 쥐 찾기라고 한 거죠."

크리스틴은 부드러운 눈매로 나를 바라보았다. 약간 실망한 것 같기도 했다. 웨이터가 민첩한 동작으로 소스가 가득한 작은 종지들을 들고 왔다. 그가 와인을 주문하겠는지 물었고 우리는 가져오라고 일렀다. 바닷가재가 연기를 내뿜으며 왔다. 그저 껍질만 탔을 뿐, 몸통에는 녹인 버터가 잔뜩 발라져 있었다. 소스는 대단히 매웠다. 한 입으로도 입이 화끈거리기에 충분했다. 하지만 매운 기운은 금방 없어지고 입안 가득히 뭐라 말하기 힘든 세련된 향내가 퍼졌다. 그 가운데서 노간주나무 향기만 알아챌 수 있었고, 다른 것들은 전혀 짐작이 안 갔다. 우리는 가재에다 소스를 세심히 바른 뒤 각자 잔을 들었다. 크리스틴은 벌써 좀 취한 느낌이 든다고 고백했고, 나도 아마 그런 것 같았지만, 미처 그런 생각은 하지 못하고 있었다.

"소설 얘기를 해보세요, 어서요." 크리스틴이 말을 꺼냈다. "정말 궁금해요. 절 그만 괴롭히시고요."

"근데 그건 소설이 아닙니다." 내가 말을 돌렸다. "여기서 한 조각, 저기서 한 조각, 얘기다운 얘기도 아니고요, 그냥 이야기 한 편에 딸린 파편들이지요. 게다가 지금 쓰고 있는 것도 아니에요. 제가 쓰고 있다고 '해둡시다'라고 했잖아요."

분명 우리 둘 다 배가 너무 고픈 상태였다. 가재는 껍질만 남았고 웨이터가 부리나케 다가왔다. 웨이터의 조언에 따라 다른 것들을 주문했다. 가벼운 것들로, 하고 우리가 조건을 달았고, 웨이터는 능숙하게 받아적었다.

"몇 년 전에 사진집을 낸 적이 있어요." 크리스틴이 말했다. "필름을 죽 이어놓은 책인데, 출판 상태가 아주 좋았어요. 얼마나 마음에 들었는지 몰라요. 필름 양쪽에 뚫린 구멍들까지 나왔는데, 설명 없이 그냥 사진만 실었죠. 제 경력에서 가장 성공작이라고 생각하는 사진부터 실었어요. 주소를 가르쳐주시면 나중에 보내드릴게요. 세부를 확대한 사진이었죠. 젊은 흑인의 머리와 어깨만요. 광고문이 쓰인 러닝셔츠, 운동선수 같은 몸, 몹시 힘을 준 얼굴 표정, 만세를 부르듯 높이 쳐든 두 손. 결승선을 통과하는 순간이 분명 그렇잖아요. 말하자면 백 미터 달리기 말예요." 그녀는 좀 신비롭지 않느냐는 표정으로 나를 바라보았다. 내가 맞장구쳐주기를 기다리는 것 같았다.

"그래서요? 어디가 신비로운 거죠?"

"두번째 사진이에요. 전체가 다 나온 사진이죠. 왼편에는 화성인 같은 복장을 한 경찰이 하나 서 있는데, 머리에는 유리가 달린 헬멧을 썼고 높이 올라오는 장화를 신고 어깨에는 카빈총을 딱 달라붙인 채, 챙 아래로는 날카롭게 눈을 빛내고 있는 사진이죠. 그 사람은 흑인에게 발포중이었고요. 흑인은 두 손을 쳐든 채 도망치는 중이었지만, 이미 죽었어요. 제가 셔터를 누르고 나서 일 초 뒤에 그 흑인은 죽고 말았어요." 그녀는 말을 끊고 먹기만 했다.

"나머지 얘기를 해주세요." 내가 말했다. "얘기를 마저 하셔야죠."

"책 제목은 '남아프리카'예요. 첫번째 사진, 그 확대 사진 아래에만 유일하게 설명문을 붙였는데, 이렇게 캡션을 달았어요. '선택된 부분은 신중히 보시기 바랍니다.'" 그녀는 언뜻 얼굴을 찌푸리더니 말을 이었다. "부디 끼워넣지 말 것. 부탁이에요. 당신 책 내용을 얘기해주세요. 기본 주제가 무엇인지 알고 싶어요."

나는 생각해내려 애썼다. 내 책을 어떠하다고 말할 수 있단 말인가? 책 뒤에 깔린 기본 주제를 설명하기는 어려운 일이다. 크리스틴은 집요하게 나를 바라보았다. 완강한 여자였다. "말하자면 제 책에서 저는 인도에서 실종된 사람입니다." 나는 재빨리 말했다. "기본 주제는 그런 겁니다."

"안 돼요." 크리스틴이 말했다. "그걸로는 부족해요. 그런 식으로 간단하게 처리할 수는 없어요. 내용이 그렇게 '간단하게' 구성될 수는 없잖아요."

"주요 내용은, 이 책에서 제가 인도에서 실종된 사람이라는 겁니다." 내가 반복했다. "자, 이렇게 말해봅시다. 나를 찾아다니는 어떤 사람이 있는데, 나는 절대로 그 사람한테 발견되고 싶지 않아요. 난 그 사람이 온 걸 알았고, 매일 그 사람을 따라다녔어요. 그렇게 말할 수 있잖아요. 난 그 사람이 무얼 좋아하고 무얼 참지 못하는지, 어떤 것에 정열을 쏟고 어떤 것을 경계하는지, 얼마나 관대하고 얼마나 큰 두려움을 지니고 있는지 잘 압니다. 실질적으로 그 사람을 지배하는 건 나예요. 반대로, 그 사람은 나에 대해 아무것도 모릅니다. 그저 막연한 단서만 갖고 있어요. 편지 한 통, 혼란스러운 혹은 말이 없는 증거들, 별 내용이 없는 메모 하나. 그 사람은 이런 기호들, 작은 조각들을 한군데 모아보려고 애쓰는 중이고요."

"그럼 당신은 누구죠?" 크리스틴이 물었다. "책 속의 당신 말이에요."

"그건 끝까지 밝혀지지 않아요." 내가 대답했다. "난 발견되고 싶지 않는 사람이에요. 따라서 그게 누구냐 하는 걸 말하면, 규칙을 위반하는 셈이죠."

"그럼 당신을 찾아다니고 당신이 그렇게 잘 안다고 하는 그 사람은 당신을 알고 있나요?" 그녀가 물었다.

"옛날에는 날 알았겠죠. 우린 한때 아주 친한 친구 사이였다고 해둡시다. 하지만 아주 오래전 얘기지요. 프레임의 경계를 벗어난 바깥 얘기예요."

"그런데 어째서 그 사람은 그렇게 집요하게 당신을 찾아다니는 건데요?"

"누가 압니까. 참 어려운 얘기지요. 그걸 쓰는 나도 잘 모르겠어요. 아마 어떤 과거, 뭔가에 대한 어떤 대답을 찾나봅니다. 옛날에 잃어버린 어떤 것을 움켜잡고 싶은 거겠지요. 어쨌든 그 사람은 자기 자신을 찾고 있어요. 말하자면, 마치 자기 자신을 찾는 것처럼 나를 찾고 있는 겁니다. 책들을 보면 그런 일은 숱하게 일어나지요. 그게 문학입니다." 나는 이 시점이 마치 중요한 순간이기라도 한 것처럼 잠시 뜸을 들였다. 그리고 힘을 주어 이렇게 말했다. "사실 말이에요, 여자도 두 명 있답니다."

"아, 그렇군요." 크리스틴이 외쳤다. "이제 얘기가 더 흥미진진해지는걸요."

"아쉽지만, 그렇지는 않습니다. 왜냐하면 그 두 여자도 프레임 바깥에 있는 사람들이거든요. 이야기에 끼어들지 못해요."

"저런, 그렇다면 이 책에서는 모든 게 다 프레임 바깥에 있다는 건가요? 그럼 프레임 안에 있는 건 뭔지 얘기해주세요."

"말했다시피, 또다른 사람을 찾아다니는 어떤 사람이 있습니다. 나를 찾는 누군가가 있다고요. 책은 그 사람이 나를 찾는 얘기를 담고 있어요."

"그러니까 그걸 좀더 잘 얘기해보시라고요!"

"좋아요. 책은 이렇게 시작됩니다. 그 사람이 봄베이에 도착하고, 제가 한때 머물던 누추한 호텔 주소를 갖고서 나를 찾기 시작합니다. 그 호텔에서 한때 날 알았던 어떤 여자를 알게 되고, 그 여자가 내가 병에 걸렸고 병원 신세를 졌으며, 그 이후에 인도 남부 사람들과 접촉했다는 걸 알려줍니다. 그렇게 해서 그 사람은 나를 찾아 병원에 가고, 거기서 뭔가 종적이 묘연해지고, 그래서 봄베이를 떠나 여행을 시작합니다.

계속해서 나를 찾는다는 핑계를 대지만, 사실은 자기 자신을 위해서 여행을 하는 겁니다. 책의 내용은 주로 이겁니다. 그 사람의 여행기지요. 물론 계속 이어지는 만남들이 내용을 채웁니다. 여행에서는 대개 사람들이 서로 만나니까요. 그 사람은 마드라스에 도착하고, 도시 전체를 돌아다니고, 근교의 사원들과 어떤 학자들의 협회까지 찾아다니다가 나와 관련한 희미한 흔적을 찾아냅니다. 결국에는 고아에 오게 되는데, 사실은 자기 일 때문에 어쨌거나 오게 될 곳이긴 했죠."

크리스틴은 박하 막대사탕을 빨면서 나를 바라보며 내 얘기에 집중하고 있었다. "고아에 말이지요." 그녀가 말했다. "바로 고아에 오게 되셨다니, 참 흥미롭네요. 그래서 여기서 무슨 일이 일어나죠?"

"여러 사람을 만나게 됩니다. 여기저기를 배회하다가, 어느 날 저녁 어떤 구역에 도착하면서 그 사람은 모든 걸 깨닫게 됩니다."

"모든 거라니요?"

"그러니까, 그 사람은 아주 사소한 이유 때문에, 나를 못 찾고 있었던 겁니다. 왜냐하면 내가 다른 이름을 쓰고 있었거든요. 마침내 그 사람이 그걸 알아낸 거죠. 애초에 이름을 알아낸다는 게 불가능한 건 아니었어요. 이전에 그 사람과 관계있던 이름이었거든요. 한때 그 이름을 비틀어서 위장했던 적도 있었고요. 어떻게 그걸 알아냈는지 모르겠지만, 어쨌든 알아낸 건 사실이에요. 운이 따랐다고 봐야 할 겁니다."

"그 이름이 뭔가요?"

"나이팅게일."

"멋진 이름이군요." 크리스틴이 말했다. "더 얘기해보세요."

"글쎄요, 그렇게 해서 그 사람이 내 거처를 찾아냈던 게 틀림없어요. 나하고 중대한 볼일이라도 있는 것처럼 꾸미면서 말이지요. 누군가 해변의 고급 호텔, 바로 지금 이곳과 같은 호텔에 내가 묵고 있더라고 그 사람한테 말해준 겁니다."

"아하, 이런이런!" 크리스틴이 말했다. "바로 이 시점에서 얘기를 잘 이끌어가셔야 해요. 우리가 시나리오 안에 있으니까요."

"맞습니다. 바로 그거예요. 시나리오에는 이런 것도 들어갈 겁니다. 오늘처럼 덥고 향내가 나는 어떤 저녁에 해변의 아주 세련된 호텔, 탁자들과 촛불들이 어우러진 넓은 테라스 어디에선가 음악이 들려오고, 웨이터들이 절도 있고 신중하게 돌아다니며, 당연히 국제적인 요리에 고급 음식들이 널린, 이런 상황 말입니다. 나는 어떤 아름다운 여인, 당신처럼 외국인의 용모를 풍기는 젊은 여인과 함께 어느 탁자에 앉아 있어요. 우리는 우리가 지금 있는 탁자 반대편에 위치한 어느 자리에 앉아 있지요. 여인은 바다를 향해 몸을 돌리고, 나는 반대로 다른 탁자 쪽을 바라봅니다. 우리는 차분하게 얘기를 나누고 있어요. 여인은 가끔씩 웃는데, 그런 모습이 어깨 너머로 보입니다. 바로 당신처럼 말이에요. 그런데 어느 순간에……" 나는 입을 다물고 테라스를 바라보면서 다른 식탁에서 식사하는 사람들을 쭉 훑어보았다. 크리스틴은 박하사탕 막대기를 잘라낸 터였고, 이제는 심각한 표정을 지은 채 마치 담배처럼 입가에 물고 있었다. "어느 순간에?" 그녀가 물었다. "어느 순간에 무슨 일이 일어나는데요?"

"어느 순간에 그 사람이 보입니다. 테라스의 다른 편, 구석 탁자에 있어요. 그 사람은 나와 똑같은 위치에 앉아 있어요. 우리는 서로 마주보고 있습니다. 그 사람도 한 여자와 함께 있는데, 여자는 내 쪽으로 등을 보이고 있어서 누구인지 알 수가 없어요. 어쩌면 아는 여자일지도 모르고, 혹은 안다고 내가 생각하는 거죠. 여자는 어떤 사람을 생각나게 해요. 혹은 두 사람일 수도 있는데, 여자는 그중 한 사람이 아닐까 합니다. 하지만 이렇게 멀리서 촛불 빛만으로는 확실히 말할 수가 없네요. 게다가 테라스는 우리가 있는 테라스처럼 굉장히 넓어요. 그 사람은 아마도 여자에게 돌아보지 말라고 하는 것 같아요. 그리고 꿈쩍도 하지 않고 오랫동안 나를 바라봅니다. 희미한 미소를 띤 채 꽤나 평온해 보여요. 어쩌면 그 사람도 나와 함께 있는 여자가 누군지 안다고 생각할지도 모르죠. 그래서 어떤 사람을 생각나게 하고, 혹은 두 사람일 수도 있는데, 그중 한 여자일 거라고 생각할지도 모르죠."

"결국 당신을 찾고 있던 그 사람은 당신을 찾아냈군요." 크리스틴이 말했다.

"정확히 그런 건 아닙니다. 꼭 그렇지는 않아요. 나를 오랫동안 찾아다녔지만, 나를 찾은 지금은 더이상 날 찾으려는 마음이 없는 겁니다. 혼란스럽게 해서 미안합니다만, 사실이 그렇습니다. 나도 그 사람이 날 찾기를 바라는 마음이 없어요. 우리 둘 다 정확히 똑같은 생각을 하고 있어요. 서로를 바라보기만 하자는 거지요."

"그다음은요?" 크리스틴이 물었다. "뭔가 다른 일이 일어나나요?"

"우리 두 사람 중 하나가 커피를 다 마시고 나서 냅킨을 접고 넥타이를 정돈해요. 넥타이를 매고 있다고 해둡시다. 그리고 웨이터를 손짓해 불러서는 계산을 하고, 일어나서 함께 있던 여자의 의자를 정중하게 빼주면, 여자가 그 사람과 함께 일어나고, 그러고는 가버리는 겁니다. 그겁니다. 책은 그렇게 끝나지요."

크리스틴은 의아한 표정으로 나를 바라보았다. "끝이 좀 약한 것 같은데요." 그녀는 잔을 내려놓으며 말했다.

"그래요, 나도 그런 생각이 듭니다." 나도 잔을 내려놓으며 말했다. "하지만 다른 해결이 떠오르지 않네요."

"이야기의 끝이 곧 식사의 끝이네요." 크리스틴이 말했다. "시간이 일치해요."

우리는 담배에 불을 붙였다. 나는 웨이터를 손짓해 불렀다. "이봐요, 크리스틴. 대단히 죄송하지만 생각을 바꿨어요. 오늘 식사는 제가 내고 싶어요. 돈이 충분히 있는 것 같아요."

"말도 안 돼요." 그녀가 거절했다. "서로 분명히 약속했잖아요. 동료로서 각자가 돈을 내는 식사."

"부탁입니다." 내가 고집을 피웠다. "당신을 너무 괴롭힌 것에 대한 사과의 뜻으로 받아주세요."

"아니에요. 난 정말 재미있었어요." 크리스틴이 응수했다. "반씩 내기로 하죠."

웨이터가 다가와서 그녀가 들을 수 없게 뭔가를 속삭였다. 그리고 예의 그 신중한 걸음으로 다시 가버렸다. "논쟁해봐야 소용없어요." 내가 말했다. "식사는 무료랍니다. 익명을 요구하는 이 호텔의 어느 투숙객이 계산을 한답니다." 여자는 놀라서 나를 쳐다보았다. "당신 팬인가 봅니다." 내가 말했다. "누군가 나보다 더 멋진 사람인가 보죠."

"실없는 말씀 마세요." 크리스틴이 말했다. 그리고 짐짓 화난 표정을 지어보였다. "이건 좀 문제가 있어요. 당신이 웨이터와 이미 다 말을 맞추신 거잖아요."

방으로 이르는 복도는 반들반들한 나무로 만든 지붕이 마치 차양처럼 덮고 있었다. 복도는 호텔 뒤뜰에서 자라나는 어두운 수풀로 트인 회랑처럼 보였다. 우리가 자리에서 제일 먼저 일어나는 사람들임에 틀림없었다. 다른 사람들은 거의 모두가 음악을 들으며 푹신한 테라스 의자에 계속 앉아 있었다. 우리는 침묵에 잠겨 나란히 걸었다. 발코니 끝에서 큰 나방이 잠시 푸드덕거렸다.

"당신 책에서 석연치 않은 뭔가가 있어요." 크리스틴이 말했다. "그게 뭔지는 잘 모르겠지만, 어쨌든 석연치 않아요."

"나도 그래요." 내가 대답했다.

"이봐요." 크리스틴이 말했다. "당신은 내가 비평을 하면 늘 장단을 맞추시는군요. 견딜 수가 없네요."

"하지만 정말 그렇게 생각했어요. 정말로요. 당신의 그 사진하고 약간은 닮았어요. 확대는 맥락을 변조하지요. 사물은 멀리서 봐야 해요. 선택된 부분은 신중히 보시기 바랍니다."

"얼마나 머무르실 거죠?" 그녀가 물었다.

"내일 떠납니다."

"그렇게 빨리요?"

"죽은 내 쥐들이 기다리고 있어요. 누구나 자기 일이 있지요." 나는 그녀가 직업에 대해 말하면서 지어보였던 체념의 몸짓을 흉내냈다. "그걸 해서 벌어먹고 삽니다, 당신처럼."

그녀가 미소를 지으며 문에 열쇠를 꽂았다.

안토니오 타부키 연보

1943년 9월 24일 이탈리아 피사에서 태어남.

1949년 피사 근처의 작은 소읍 베키아노에 있는 외갓집에서 어린 시절을 보냈고, 외삼촌의 서재에서 수많은 외국 문학작품을 읽음. 베키아노에서 의무교육을 마침.

1964년 피사 대학 인문학부 입학. 대학 시절, 자신이 읽은 작가들의 흔적을 찾아보기 위해 여러 차례 유럽을 여행함. 그중 파리 소르본 대학에서 수업을 청강하다 포르투갈 시인 페르난두 페소아를 알게 되고, 그의 이명 중 하나인 '알바루 드 캄푸스'라는 이름으로 나온 시집 『담배 가게*Tabacaria*』 프랑스어판을 어느 헌책 노점에서 입수해 읽고는 매혹당함. 이후 이탈리아로 돌아와 페소아 연구를 위해 시에나 대학에서 포르투갈어와 문학을 공부함.

1969년 논문 「포르투갈의 초현실주의」로 시에나 대학 졸업.

1970년 포르투갈에서 만난 마리아 조제 드 랑카스트르와 결혼. 이후 부부가 함께 이탈리아어로 페소아 작품을 번역해 소개하고 연구서 및 에세이도 펴냄.

1973년 볼로냐에서 포르투갈어와 문학을 가르침.

1975년 『이탈리아 광장*Piazza d'Italia*』 출간.

1978년 제노바 대학에서 포르투갈어와 문학을 가르침. 『작은 배*Il Piccolo naviglio*』 출간.

1981년 『거꾸로 게임과 다른 이야기들*Il gioco del rovescio e altri racconti*』 출간.

1983년 『핌 항구의 여인*Donna di porto Pim*』 출간. 좌파 성향 신문 〈라 레푸블리카〉 근무.

1984년 첫 성공작 『인도 야상곡*Notturno indiano*』 출간.

1985년 『사소한 작은 오해들*Piccoli equivoci senza importanza*』 출간. 1987년까지 리스본 주재 이탈리아 문화원장을 지냄.

1986년 『수평선 자락*Il filo dell'orizzonte*』 출간.

1987년 『베아토 안젤리코와 날개달린 자들*I volatili del Beato Angelico*』 『페소아의 2분음표*Pessoana Minima*』 출간. 『인도 야상곡』으로 프랑스 메디치 외국문학상 수상.

1988년 희곡 『빠져 있는 대화*I dialoghi mancati*』 출간. 〈일 코리에레 델라 세라〉 근무.

1989년 포르투갈 대통령이 수여하는 '엔히크 왕자 공로훈장'을 받았고, 같은 해 프랑스 정부로부터 '문화예술 공로훈장'을 받음. 프랑스 감독 알랭 코르노가 『인도 야상곡』 영화화함.

1990년 『사람들이 가득한 트렁크*Un baule pieno di gente*』 출간. 시에나 대학에서 교편을 잡음.

1991년 『검은 천사*L'angelo nero*』 출간. 먼저 포르투갈어로 『레퀴엠*Requiem*』 출간.

1992년 『레퀴엠』 이탈리아어판 출간, 이탈리아 PEN클럽상 수상. 『꿈의 꿈*Sogni di sogni*』 출간.

1993년 페르난두 로페스가 〈수평선 자락〉 영화화함.

1994년 『페르난두 페소아의 마지막 사흘*Gli ultimi tre giorni di Fernando Pessoa*』 『페레이라가 주장하다*Sostiene Pereira*』 출간. 『페레이라가 주장하다』로 비아레조상, 캄피엘로상, 스칸노상, 장모네유럽문학상 수상.

1995년 로베르토 파엔차가 〈페레이라가 주장하다〉 영화화함.

1996년 칸 영화제 심사위원으로 참석.

1997년 공원에서 사체로 발견된 남자의 실화를 바탕으로 한 소설 『다마세누 몬테이루의 잃어버린 머리*La testa perduta di Damascno Monteiro*』 출간. 『마르코니, 내 기억이 맞다면*Marconi, se ben mi ricordo*』 출간. 『페레이라가 주장하다』로 아리스테이온상 수상.

1998년 『향수, 자동차, 무한*La nostalgie, l'automobile et l'infini*』 『플라톤의 위염*La gastrite di Platone*』 출간. 독일 라이프니츠 아카데미에서 노사크상 수상. 알랭 타네가 〈레퀴엠〉 영화화함.

1999년 『집시와 르네상스*Gli Zingarii e il Rinascimento*』 『얼룩투성이 셔츠*Ena ponkamiso gemato likedes*』 출간.

2001년 『점점 더 늦어지고 있다*Si sta facendo sempre piú tardi*』 출간. 이듬해 이 작품으로 프랑스 라디오 방송 프랑스퀼튀르에서 수여하는 외국문학상 수상.

2004년 『트리스타노가 죽다. 어느 삶*Tristano muore. Una*

vita』 출간. 이 작품으로 유럽 저널리스트 협회에서 수여하는 프란시스코데세레세도 저널리즘상, 2005년 메디테라네 외국문학상 수상.

2007년 리에주 대학에서 명예박사 학위를 받음.

2009년 『시간은 빠르게 늙어간다*Il tempo invecchia in fretta*』 출간. 이 작품으로 프론티에레비아몬티상 수상.

2010년 『여행 그리고 또다른 여행들*Viaggi e altri viaggi*』 출간.

2011년 『그림이 있는 이야기*Racconti con figure*』 출간.

2012년 3월 25일 리스본 적십자 병원에서 암 투병 중 눈을 감음. 제2의 고향 포르투갈 리스본에서 장례식을 치른 후, 고국 이탈리아에 묻힘.

2013년 사후에 강연집 『모든 것은 거의 남아 있지 않고*Di tutto resta un poco*』와 소설 『이사벨을 위하여*Per Isabel*』 출간.

해설

프레임을 넘어서는 존재의 탐사

1

이탈리아 작가 안토니오 타부키는 소설 『인도야상곡*Notturno indiano*』(1984)에서, 존재의 근원 혹은 존재의 방식을 탐사하는 자신의 모습을 사비에르라는 인물을 찾아 인도를 여행하는 주인공 호스의 행적을 통해 묘사한다. 존재의 탐사는 타부키 문학의 근본 관심사다. 『수평선 자락』(1986), 『레퀴엠』(1991), 『페레이라가 주장하다』(1994) 같은 소설들에서, 타부키는 존재라는 것이 어떻게 구성되는가 하는 문제를 진지하게 우리 앞에 던진다. 타부키가 말하는 존재의 구성은 구체적인 경험 공간에서는 물론이고, 무의식의 깊은 내면에서 개인이 자기 자신을 확인하는 과정이나 다름없다. 작가가 즐겨 쓰는 사진에 비유하자면, 존재란 프레임 바깥에 놓인, 프레임으로 정착시킬 수 없는, 그렇게 흐르면서 계속 멀어져가는 수평선과 같다(『수평선 자락』). 존재란 또한 누군가를 맞으면서 떠나보내는 레퀴엠을 듣는 일이며(『레퀴엠』), 주변 사회 현실과 관계를 맺으면서 스스로를 변주하는 일이기도 하다(『페레이라가 주장하다』). 다양한 방식으로 존재의 겹들이 이루는 양상을 추적하는 과정 자체가 바로 타부키의 문학이며 삶이었다.

『인도야상곡』의 처음과 끝을 관통하는 단어는 '프레임'이다. 작가는 소설 처음에서 무릇 사진은 "피사체를 장방형의 프레임에 가둔 것"일 뿐이라서 피사체의 냄새는 담지 못한다고 일러주며, 소설 끝에서는 그 프레임의 바깥에 놓인 피사체의 냄새가 새벽의 짙은 안개처럼 밀려드는 장면을 묘사한다. 프레임 안에 갇힌 피사체와 프레임 바깥에 펼쳐진 피사체(의 연장). 그 둘을 연결하는 것이, 사실상 주인공 호스가 사비에르를 찾는 과정일 것이다. 호스는 인도의 변두리가 풍기는 지독한 냄새를 여행 잡지 사진에서는 결코 맡아보지 못했음을 깨닫는데, 바로 그때부터 프레임 바깥을 향한 그의 탐사가 실질적으로 시작된다.

냄새를 담아내지 못하는 사진에 대한 불안. 우리의 눈길이 프레임 안에만 머물 때 그 프레임이 담고 있는 피사체를 바라보는 우리의 시선은 불안하다. 프레임의 안과 밖이 다르지 않을까 하는 의심 어린 직감 때문이다. 프레임 바깥을 향한 탐사는 프레임의 안과 밖의 불일치를 해소하는 연속적인 움직임이며, 이는 다시 우리 존재를 구성하는 방식 그 자체가 된다.

타부키가 던지는 '불안'의 화두는 포르투갈 작가 페르난두 페소아Fernando Pessoa(1888~1935)로 거슬러올라간다. 『불안의 책*Livro do desassossego*』에서 알 수 있듯, 페소아가 말하는 불안은 일상, 사물, 순간에 대한 '향수'에서 나온다. 향수이기에 그들은 지금은 없는 것, 혹은 금방이라도 사라질 수 있는 것들이 된다. 그러나 그들이 원래 그런 것이 아니라 그렇게 보는 자에 의해 그렇게 된다. "이 모든 것이 아무것도 아니라면"이라는 페소아의 가정 앞에서, "한 줄기 햇빛, 갑자기 드리워진 그림자를 통해서 지나가는 줄 알게 되는 구름 한 조각, 살랑 살랑 부는 미풍, 미풍이 멈추고 뒤따르는 침묵, 몇몇 사람의 얼굴과 목소리, 대화하는 목소리들 중 우연히 들리는 웃음소리"는 아무 소용이 없게 되는 것이다.

페소아식으로 말하면, 개인이 존재하는 방식은 물질과 의식을 반영하는, 혹은 생산하는 방식이 아닐까. 존재는 의식과 물질, 그리고 그것들의 이미지와 담론들을 만나면서 자체를 구성하고, 그 구성에서 다시 자체의 변화를 일으키는, 일종의 조응의 방식으로 존재한다. 그 조응의 과정에서 존재가 불안하다면, 그것은 존재가 그만큼 고정되어 있지 않기 때문이다. 끝없이, 끊임없이 요동치면서 존재는 존재한다.

그러한 존재의 방식으로 타부키는 이미 살고 있었다. 야상곡을 짓는 작가 타부키는 불면의 밤을 지새우며 여행의 지형도를 그린다. 야상곡의 지형도는 타부키에 의해 고안되지만 또한 밤에 인도를 여행하는 호스의 행로를 따라 작성되어나간다. 그들의 목표는 하나로 수렴되는데, 그것은 '그림자'를 찾는 일이다. 그렇기에 불면의 밤은 밤을 존재하게 하면서 우리 존재의 그림자를 연주하는 것이다. 다시 페소아를 빌려 말하면, 타부키가 상상한 인도에서 듣는 야상곡은 그가 아무것도 아니기 때문에 상상할 수 있었다. 그가 무엇이라도 되었다면 그는 상상할 수 없었을 것이다. 진실은 누구의 것도 아니지만 행복은 그 누구의 것이다. 바로 페소아의 이 문장의 의미가 『인도 야상곡』을 관통하는 주제다.

2

『인도 야상곡』에서 타부키는 존재를 탐사하는 자신의 모습을 수많은 만남 장면을 통해 포착하고 구성한다. 주인공 호스는 말하자면 그의 분신이다. 호스는 여러 사람과 만나면서 자신의 존재를 구축해나간다. 만남에서 깨달음을 얻는 수도 있으나, 그보다 더 주된 내용은 그저 만남들이 그의 존재를 구성하고 있다는 점이다. 그에게는 깨달음도 존재를 구성하는 것 이상은 아니다. 그래서 존재를 구성한다는 것은 상당히 일상적이고 단조롭기까지 한 일이다. 수많은 만남 이후에 혼자서 반성과 성찰의 시간을 갖기도 하지만, 이것은 큰 깨달음과 그에 따르는 거대한 변신으로 이어지기보다는, 그의 존재를 차곡차곡 겹쳐나가는 데 기여할 뿐이다.

열두 장으로 이루어진 『인도 야상곡』에서 호스는 열두 군데의 장소에서 머물며 거기서 만난 사람들과 대화한다. 특별한 사건은 일어나지 않고, 마찬가지로 주인공의 특별한 깨달음도 보이지 않으며, 따라서 작가가 어떤 유별난 메시지를 전달한다는 느낌도 들지 않는다. 풍경도, 사람도, 시간도, 그리고 주인공의 내면도, 안개에 싸인 듯 불명료하고 불안정하다. 호스가 자신을 찾는 행로에서 마주치는 인물과 대상의 공통점은 바로 그들이 불명료하고 불안정한 형태로 나타난다는 점이다. 형을 업은 아이, 수도원에서 만난 노인, 나의 동행, 의사, 실성한 노인…… 불명료함과 불안정의 효과는 단연 하나의 존재를 중층의 겹으로 이루어지도록 만드는 것이다.

열두 군데의 장소를 열두 개의 장으로 나눠 묘사한다는 것을 작가는 소설을 시작하기 전에 목록으로 알려놓았다. 그러면서 독자로 하여금 이제 호스의 뒤를 따라 추적해나갈 인도의 밤거리들을 예상하거나 기대하도록 만든다. 무대가 되는 인도는 실종으로 지탱되는 나라다. 무수히 많은 실종자 중 하나일 사비에르를 찾아나서는 호스는 사비에르의 사진 한 장조차 가지고 있지 않다. 다만 기억만이 있다. 사비에르와 보냈던 시절을 회상하는 다음 대목을 보자.

> 그 장면은 생생한 기억이었다. 나는 방의 어둠 속에서 그 기억을 바라보았다. 그러자 꿈인 것만 같은 아스라한 장면이 보였다.(38쪽)

꿈인 듯, 기억인 듯, 사비에르의 존재는 그 어디에도 없으면서 그 어디든 있다. 호스의 곁에, 기억에, 꿈에, 그리고 나날들에.

> 이제 막 나타나기 시작한 저녁 불빛들을 바라보며 테라스 창가 탁자 앞에 앉았다. 진토닉을 두 잔 마시자 기분이 좋아져서 이사벨에게 편지를 썼다. 긴 편지를 단숨에, 집중적으로, 모든 것을 설명하며 써내려갔다. 그 머나먼 나날들, 나의 여행, 그리고 나의 느낌들이 시간과 함께 어떻게 다시 피어나는지에 대해 말했다.(39~40쪽)

프레임 바깥을 포착하는 기억, 그 기억은 희끄무레하다. 그런데 그 희끄무레함은 호스의 기억이 그렇다기보다는 그 기억 속 대상의 존재 방식이자 정체성의 성격이다.

그렇게 희끄무레하게 존재하는 사비에르를 찾아나서는 호스는 사비에르가 어느새 자기 자신이 되고 호스 자신은 사비에르가 되는 것을 발견한다. 원래부터 호스는 자신을 추적하고 있었다. 자신이 만난 매춘부를 다시 만나고, 자신이 들렀던 병원을 재방문하며, 자신의 필체를 알아보고 자신이 쓴 글을 읽었다. 호스는 사비에르를 추적하며 열두 군데의 장소를 지나친다. 그러나 그 장소들은 실은 호스 자신이 '이미' 들렀던 곳들이다. '이미' 호스는 자신의 정체성의 추적을 위한 단서들, 장치, 행로를 마련해두었던 것이다. 즉 살면서 언젠가 자신에 대해 묻게 될 날이 오리라는 예감을 지니고 있었던 것이다.

이제 호스와 사비에르는 더이상 구별되지 않는다. 호스와 사비에르는 둘 다 작가 타부키의 분신들이다. 소설 끝에서 호스는 사비에르를 찾는, 혹은 사비에르가 호스를 찾는, 자신의 소설 줄거리를 크리스틴에게 들려준다. 소설 속에서 또다른 소설이 복수의 형태로 출현하면서 서로 얽혀 꼬이는 모습. 그러면서 한 몸통을 이루는 모습. 안과 밖의 구별이 없는 양상. 경계 자체가 성립하지 않는 과정. 정확히 말해 뫼비우스의 띠를 이룬다. 한 길을 따라가면 하나와 다른 하나가 이어지는 행로. 이것이 호스가 사비에르와 이루는 관계이며 또한 작가가 『인도 야상곡』을 쓰는 방식이다.

3

호스는 인도를 소개하는 사진 프레임의 바깥 냄새를 맡으면서 사비에르의 존재가 프레임 바깥에 놓여 있음을 감지한다.

사비에르는 프레임 바깥의 존재이면서 또한 계속 멀어져가는 존재이기도 하다. 호스가 만난 의사는 프레임 바깥의 사람들을 대하는 자로서, 기록이나 서류를 "유럽식 분류법"이자 "오만한 사치"라고 부르며 바깥의 혼돈 그 자체를 피하지 않는다. 그런데 프레임 바깥을 향한 그런 그의 기억에도 사비에르는 없다. 의사는 병원에 수용된 환자들 사이에 혹시라도 있는지 직접 돌아보기로 한다. 병원 로비는 육각형이며 여섯 개의 복도로 이어진다. 타부키의 시적 산문 『꿈의 꿈』 중 미궁의 출구를 찾아 헤매는 다이달로스의 에피소드를 연상시키는 구조다. 여섯 개의 복도는 다시 다른 로비로 이어진다. 병원의 현장은 프레임 밖의 세계인 듯하지만, 사실 그 세계도 또한 또다른 거대한 프레임 안의 세계일 것이다. 겹들의 중첩, 그 사이 어디에도 사비에르는 모습을 드러내지 않는다. 겹들의 확장과 생산, 그 무수한 겹들의 생성 과정 사이사이에서 희미하게 있을 뿐이다. 그렇다면 사비에르의 존재는 그 희미함의 축적 혹은 찰나의 반짝임으로만 우리 앞에 나타날 뿐이지 않을까.

사비에르의 직업을 묻는 의사의 질문에 호스는 "소설을 썼습니다"라고 대답한다.

> 실현되지 않은 것들, 잘못된 것들이라고 할까요. 예를 들어 어떤 곳으로 여행하는 꿈을 꾸며 평생을 보낸 사람 얘기인데, 어느 날 그 꿈을 이루게 되는 때가 오지만 갑자기 그럴 생각이 싹 사라져버렸다는 걸 알게 된다는 그런 내용입니다.(31~32쪽)

사비에르가 곧 호스의 화신임을 생각하면, 이 소설은 호스가 자신을 찾아나서는 내용이며, 바로 그 내용을 쓰는 호스 자신이 그 소설 안에 들어가 있음을 알 수 있다. 존재의 탐사가 중층의 겹을 이루는 구도. 그 중층의 겹을 탐사하며 호스는 한편 다른 모습으로 변장한 자신을 발견한다. 호스는 남루한 옷차림으로 최고급 호텔 타지마할로 들어서면서 자기가 거지로 변장한 거부라는 오해를 받는지도 모른다고 생각한다. 그의 눈에 호텔의 직원들도, 거꾸로 가난뱅이에서 왕자로 변장한 사람들로 보인다. 그의 변장은 그를 편하게 한다. 그는 호텔 방에서 지난 과거의 아련한 기억들을 떠올리며 행복에 잠긴다. 그리고 식당으로 내려가 편지를 쓴다. 여전히 변장한 채로 쓰는 편지의 수신인 이름은 그가 정작 수신인으로 생각하는 사람과 다르다. 결국 그는 공들여 쓴 편지를 구겨버린다. 변장을 유지하기에는 수신자에 대한 그의 태도가 너무 '순수'하다. 이어 그는 "마치 거지 옷을 입은 왕자라도 된 듯 호사스러운 저녁을 주문"한다. 변장한 그는 관찰자의 시선을 가다듬는다. 그는 마냥 편안하고, 편안하게 잠이 든다. 이런 모든 것은 변장을 했기에 가능하다. 그는 그곳의 현실에서 한 발짝 물러나 있으면서, 모든 것을 사디즘적으로 관찰하고 즐거워 할 준비가 되어 있는 것이다. 물론 변장은 그의 여행의 모든 것이 아니라 한 길목이다. 그러나 그의 겹으로서의 존재 방식을 보여준다는 면에서, 그의 존재의 여행의 한 특징을 드러내주기도 한다. 다시 말해, 변장은 그의 존재의 한 겹이면서, 또한 그의 존재 방식이기도 하다. 그런 의미에서 변장 모티프는 그의 모든 것이 아니지만 또한 모든 것이기도 하다.

변장을 전제로 이루어지는 관찰은 우리로 하여금 그것이 대상으로 삼는 사물을 주목하게 만든다. 소설의 무대를 이루는 인도의 마드라스와 고아는 참살됐다고 하는 사도 도마의 순교지로 알려져 있다. 도마는 예수에게 스스럼없이 의문을 표함으로써 예수의 경구를 이끌어낸 사람이며, 보고 만져서야 믿음을 갖게 됨으로써 믿음의 증거를 이끌어낸 사람이다. 경험으로 알고 흔적을 찾는다는 면에서, 도마는 사비에르의 흔적을 프레임 바깥에서 찾으려는 호스와 상응한다. 도마에 대한 언급은 죽으러 간다고 하는 "나의 동행"으로 묘사된 사람이 "육체 속에서 우리는 무엇을 하는 겁니까?" 하고 툭 던지는 물음으로 연결된다. 여기서 존재의 탐사에 물질적 흔적이 새겨지고, 물질적 흔적에 대한 성찰의 필요가 암시된다.

이러한 암시는 밤 버스가 오랫동안 정차한 어느 낯선 곳에서 만난 두 형제와의 문답을 통해 좀더 구체화된다. 대화 속에서 호스는 '나' 안에는 카르마만 있는 것이 아니라 아트마도 있다는 사실을 떠올린다. 카르마는 "우리가 어떻게 존재해왔고 존재할 것인지에 대한, 우리 행위의 총합"이고, 아트마는 "카르마와 함께, 하지만 분명 다른 것"으로 존재한다. 아이의 형은 앞서 호스를 "또다른 사람"으로 규정한 터였는데, 이는 아트마를 지적한 것이리라. 그렇다면 이 소설 전체의 목표, 즉 자신의 분신인 사비에르를 찾아가는 호스의 여정은 바로 호스가 아이의 형에게 던진 다음 물음에서 확인된다. "나의 아트마는 어디에 있지?" 아이의 형은 선뜻 답하지 못하고 다만 "여기 있지 않다"고 말할 뿐이다. 재차 물은 끝에 간신히 얻어낸 대답은 환한 빛이 보이는 "배 위에 있다"는 것. 아트마가 개인의 영혼이라면, 환한 빛에 싸인 배, 그것은 (푸코식의) 헤테로토피아가 아닐까. 다시 돌아왔으나 이미 떠난 사람이 다시 머무르는 곳. 그렇게 귀환과 출발을 반복하는 오디세우스식 여정이 호스가 묻는 질문에 대한 대답일 것이다.

그러한 대답은, 사비에르는 존재하지 않으며 그저 환상이라고 하는 실성한 노인의 대답에 닿아 있다. 다 죽었고 소용없게 되었다는 것. 과거로 흘러간 것. 사실상 호스는 미래로 나아가면서 사비에르의 흔적을 찾아내고자 했다. 호스는 사비에르를 과거에 만났고, 지나간 그의 흔적을 따라 찾아가다보면, 그렇게 따라가다보면 호스의 미래에 사비에르가 놓여 있을 거라는 확신을 가졌던 것이다. 호스의 탐사는 기억의 탐사다. 그 기억은 물론 과거로 향해 있지만, 호스는 그 시간을 미래로 돌려놓고자 한다. 과거의 사비에르가 미래 속에서 그를 기다리는 구도. 과거와 현재, 미래를 잇는 존재의 탐사. 호스의 이런 탐사 방식의 근저에는 최소한 어떤 것은 영원히 남아 있다는 믿음이 자리한다. 그러나 노인은 모든 것은 죽었다고 단언한다. 하멜른의 피리 부는 사나이가 보여준 것처럼, 인간의 추구는 다 스러지고 덧없이 사라졌다는 것이다. 그래서 노인은 호스를 헛된 희망에서 깨웠다고 자부한다. "내일 무슨 일이 일어날지 나는 모른다." 페소아가 죽어가면서 남긴 문구다. 호스의 탐사는 그렇게 덧없는 것임을, 혹은 미래는 그저 미래로 남겨둘 것임을, 타부키는 페소아를 빌려 말하고 싶었던 것일까. 이제 호스의 탐사는 막바지에 이른다.

호스는 크리스틴과 저녁식사를 함께하면서 서로에 대해 대화를 한다. 여자는 자신의 사진집 첫 페이지에 실린, 혹인을 확대한 사진을 가장 좋아한다. 그 사진만 보면 흑인은 틀림없이 단거리 경주에서 우승한 순간을 맞이한 사람처럼 보인다. 그러나 다음 페이지에, 확대된 사진에는 보이지 않지만, 그 흑인과 불가피하게 연결된 다른 장면의 사진이 실려 있다. 그건 그 흑인을 총으로 쏘는 경찰의 모습이다. 크리스틴은 자기가 그 사진을 찍은 지 일 초 뒤에 흑인이 총에 맞아 죽었다고 말한다. 그러면서 흑인의 확대 사진 아래에 "선택된 부분은 신중히 볼 것"이라는 캡션을 달았다고 강조한다. 그 사진으로만 보면 그 장면이 도저히 어떤 맥락에 들어가 있는지 모르는데, 아무 맥락에나 끼워넣으면 사진의 실체가 왜곡될 수 있다는 얘기다. 『수평선 자락』이나 미켈란젤로 안토니오니의 영화 〈욕망Blow-Up〉이 보여주듯, 확대는 진실을 밝혀주기도 하지만, 여기서는 진실이 왜곡될 토양이 되기도 한다. 그러나 그 자체로 그렇게 되는 건 아니다. 확대된 사진은 우리에게 많은 것을 얘기해준다. 그 얘기를 전혀 엉뚱한 방향으로 발전시키는 오류 혹은 거짓은, 사진 탓이 아니라 얘기를 잘못 듣는 우리 탓이다.

크리스틴은 호스의 얘기를 듣고 싶어한다. 호스는 어떤 글을 쓰고 있다고 하는데, 그 책 속에서 누군가 자신을 찾아다니고 있으며 자신은 결코 발견되고 싶지 않다고 말한다. 여기서 우리는 『인도 야상곡』에서 시종일관 호스가 찾아다니는 사비에르라는 사람이 실은 호스 자신임을 깨닫는다. 그는 자신을 찾아다니면서 동시에 자신을 찾지 못하게 스스로를 설정한다. 그러한 불가능의 끝없는 회로 속에서 주인공은 그저 생각의 여행을 떠난다.

호스의 탐사 대상은 자기 자신이었다. 호스는 사비에르를 추적하지만, 사실은 자기 자신을 추적해왔다. 자신의 행로를 다시 밟았던 것. 더 정확히 말해, 자신이 자신을 찾으면서 자신은 계속 도망치고 있었다. 찾는 호스를 찾음의 대상인 사비에르가 지배한다. 사비에르는 모든 것을 알고 있지만, 호스는 작은 조각들, 기호들을 모아 맞추려는 수고를 하지 않을 수 없다. 그런 작업은 곧 확대한 것들을 맥락화하려는 노력이다. 사비에르는 그러한 노력의 종착점에 서 있는 존재, 혹은 그러한 노력으로 구성되는 존재이기에, 그 모든 것을 다 알고 있는 것이다. 이 소설에서 호스와 사비에르를 통괄하는 '나'는 그 모든 것의 여정 그 자체로 이루어진다.

4

사비에르-호스의 정체성은 소설에서 끝내 확연해질 줄을 모른다. 프레임 바깥은 계속해서 흐릿해지고 멀어져만 간다. 사실 이 소설은 사비에르를 찾아나서는, "프레임의 경계를 벗어난 바깥 얘기"를 펼치고자 하건만, 그 얘기로 이어지기 전에, 즉 사비에르를 찾기 전에 소설은 끝난다. 크리스틴이 자신의 호텔 방문에 열쇠를 꽂는 소설의 끝 문장은 바깥으로 나아가는 가능성, 사비에르로 표상되는 호스 자신의 존재를 탐사하는 출발의 표식일 테지만, 정작 이 소설은 바깥이 그렇게 자꾸만 미뤄지고 멀어져가는 이유를 생각해보라고 권한다.

이유는 두 가지로 요약할 수 있다.

첫째, 작가가 제안하듯, 사비에르-호스-바깥이 이름을 비틀어서 변장했기 때문이다. 정확한 이름을 불러주지 않거나 못하기 때문에 존재가 확인되지 않거나 존재가 더 많은 겹을 두른다는 것이다. 거꾸로 말하면, 자기 존재를 확인하지 않도록 하기 위해(자신에 의해서나 타자에 의해서), 또는—확인이란 고정이므로—자기 존재를 어떤 지평에 열어놓기 위해서, 자신의 이름을 감추거나 다른 이름을 쓴다. 소설 끝에서 그 변장 사실을 알게 되지만, 우리는, 적어도 이 소설의 프레임 안에서, 그 변장에 대해 깨달은 것보다 변장했다는 사실에 더 초점을 맞출 필요가 있다. 왜 바깥을 안으로 들이지 못하느냐보다, 바깥이 정녕 어떤 풍경이냐를 아는 것이 더 흥미롭다는 말이다. 프레임 바깥을 굳이 내면화하기보다는 그냥 거기 두는 것. 그렇게 하도록 해주는 '열린 프레임'을 구성할 필요가 있다는 것.

둘째, 찾는 사람과 찾는 대상의 사람이 언제나 일방향으로 고정되어 있는 구도 때문이다. 그렇게 한쪽이 다른 쪽을 추적하는 일방적인 구도에서 바깥은 수평선처럼 계속해서 멀어진다. 그러나 소설 끝에서 호스는 자신과 자신이 찾는 대상의 위치를 역전시킨다. 자신이 찾는 대상이 오히려 자신을 찾는 구도로 바꿔버리는 것이다. 대상은 주체가 되고 주체는 대상이 되는 그런 뒤집힌 구도에서, 찾는 사람과 찾는 대상은 겹친다. 이는 프레임 바깥을 그냥 거기에 두는 것과 마찬가지다. 호스는 그러한 내용의 책을 쓰고 있다고 크리스틴에게 설명한다. 『인도 야상곡』 속에서 호스는 또다른 『인도 야상곡』을 쓰는 셈이다. 그래서 『인도 야상곡』이 전개되는 대로 또다른 『인도 야상곡』도 흐른다. 그 둘은 겹친다.

그 겹침의 효과는 거울의 효과와 같다. 호스와 크리스틴의 대화는 호스와 사비에르가 포개지는 장면을 구성해나간다. 그때 거기서 호스는 사비에르와 구별되지 않은 채, 동일하게 된 채, 자신의 행적을 제3의 시선으로 회고한다. 이는 변신이며, 거울을 보는 행위와 다름없다. 악수를 허용하지 않는 거울 비추기는 동일시의 미완성이며 만남과 도달의 미완성이다.

거울에 비친 자신의 모습을 보는 자신의 모습을 그리는 것. 그러기 위해서는 거울에 비친 자신이 말하도록 해야 하는데, 그 유일한 (출발 혹은) 방법은 거울에 자신을 비추는 자신이 말을 하는 것이다. 거울에 비친 자신에게 말을 건네는 것이 출발이고 방법이겠지만, 어쨌건 거울에 비친 자신은 자기가 말을 하는 것 외에 다른 말은 할 수가 없다. 오로지 똑같이 반복할 뿐이다. 그 반복성을 호스는 충분히 의식한다. 바로 그렇기 때문에 호스는 그처럼 반복되어 돌아오는 자신의 모습을 또다시 객관화하여 의식한다. 그리하여 그는 스스로 자기가 그려낸 인물이 되고, 그 인물을 묘사함으로써 자신을 확인한다. 그러나 과정을 복잡하고 길게 만들면서, 확인은 고정이 아니라 가능성으로 열리게 된다.

바깥이 이렇게 계속해서 미뤄지고 멀어지면서 우리는 실체를 바라보지 못한다. 크리스틴의 사진은 바깥으로 통하는 통로를 제시한다.

> 확대는 맥락을 변조하지요. 사물은 멀리서 봐야 해요. 선택된 부분은 신중히 보시기 바랍니다.(113쪽)

주인공은 확대는 맥락의 상실을 동반한다고 말한다. 어떤 것을 확대하면 주변과의 매듭이 풀려버려 그것이 어떤 맥락에 있는지 알 수 없게 된다. 하지만 그 대신 그 자체를 더 자세하게 들여다볼 수는 있다. 존재의 확인이란 자세히 보는 것과 동시에 주변과의 매듭 관계를 보는 것을 의미한다.

이제 다시 소설의 첫 페이지로 돌아가보자.

> 케이지 지구는 상상하던 것보다 훨씬 형편없었다. 어느 유명 사진작가의 사진들에서 그곳을 본 적이 있었기에 인간의 비참한 상황에 직면할 준비야 되어 있다고 생각했으나, 사진은 어디까지나 피사체를 장방형에 가둬둔 것이다. 프레임 바깥의 피사체는 언제나 또다른 무엇이다. 게다가 그 피사체는 너무 지독한 냄새를 풍기고 있었다. 아니, 너무나 많은 냄새를 풍기고 있었다.(17쪽)

타부키가 던진 장방형에 갇힌 풍경이라는 이미지 혹은 화두는, 내가 거의 삼십 년 전 군대 훈련 시절에 식당에서 언뜻 창문을 통해 바깥을 바라보며 느꼈던 것과 똑같다. 창문에 의해 장방형으로 잘린, 그 안에 포획된 풍경은 엄혹한 규율에 속박되어 거기로 나갈 수 없었던 나에게 하나의 낙원이었다. 거기에는 햇살과 나무, 싱그러운 공기가 있었다. 요컨대 자유가 있었다. 그러나 훈련이 끝난 뒤 어느 날 그 풍경으로 나갈 수 있었을 때, 그 풍경은 더이상 낙원이 아니었다. 햇살은 지나치게 따가웠고 나무 아래에는 음식물 쓰레기가 쌓여 악취를 풍겼다. 공기도 싱그럽지 않았다. 장방형의 프레임으로 포획된 풍경은 나에게 자유를 허락해주지는 않았지만, 낙원에 대한 그리움은 간직하도록 해주었다. 그런데 그 프레임을 깨고 풍경으로 들어가 그렇게도 그리던 그 풍경의 일부가 되었을 때, 그렇게 자유로워진 나에게 그 풍경은 완전히 다른 무엇이 되어 있었다. 그렇다면 식당 밖으로 나갈 수 없었던 훈련 시절의 상황이 훈련이 다 끝나서 자유롭게 식당 안팎을 드나들 수 있게 된 상황에 비해 더 행복했던 것일까. 적어도 낙원이 존재했으니까. 하지만 반드시 그렇지는 않을 것이다. 낙원의 추상성, 프레임 속에 고정된 이미지. 그 속에서 행복하기란 쉽지만, 추상과 프레임을 벗어던진 낙원의 '비낙원성'을 그야말로 낙원으로 인식하려는 것은 또다른 지평을 향하는 일이다.

호스는 장방형으로 포획된 낙원의 풍경을 그냥 장방형으로 보는 데서 그치지 않고 그 속으로, 또는 그 바깥으로, 뛰어들어간다. 그것은 모든 것이 어우러지는 구도, 그 전체의 맥락을 보려는 도전이다. 확대는 권력이고 맥락화는 저항이 아닌가. 그와 함께 확대 부분을 의도적으로 오독하는 경험은 전체를 다시 보게 만드는 효과를 낸다. 이 모든 것을 깨달은 호스는 이제 떠난다. 하멜른의 피리 부는 사나이가 데려간 죽은 쥐들(기억)이 기다리기에. 존재의 탐사는 불면에 시달리며 야상곡을 듣는 무수히 많은 밤, 그 속에서 끝없이 반복되고 이어진다.

2015년 6월

박상진

옮긴이 박상진

한국외대에서 이탈리아 문학을 전공하고 영국 옥스퍼드대에서 문학이론으로 박사 학위를 받았다. 미국 하버드대와 펜실베이니아대에서 비교문학을 연구했고, 현재 부산외대에서 가르치고 있다.

저서로 『이탈리아 문학사』 『이탈리아 리얼리즘 문학 비평 연구』 『에코 기호학 비판: 열림의 이론을 향하여』 『열림의 이론과 실제: 해석의 윤리와 실천의 지평』 『지중해학: 세계화 시대의 지중해 문명』 『데카메론: 중세의 그늘에서 싹튼 새로운 시대정신』 『비동일화의 지평: 문학의 보편성과 한국 문학』 『단테 신곡 연구: 고전의 보편성과 타자의 감수성』, *A Comparative Study of Korean Literature: Literary Migration*, 『사랑의 지성: 단테의 세계, 언어, 얼굴』 등이 있고, 역서로 타부키 작품들 『수평선 자락』 『레퀴엠』 『인도 야상곡』을 비롯하여 『신곡』 『데카메론』 『아방가르드 예술론』 『근대성의 종말』 『대중문학론』 『굿바이 미스터 사회주의』 등이 있으며, 엮은 책으로 『지중해, 문명의 바다를 가다』가 있다.

안토니오 타부키 선집 6

인도 야상곡

1판 1쇄 ¦ 2015년 6월 30일
1판 2쇄 ¦ 2018년 12월 3일

지은이 ¦ 안토니오 타부키
옮긴이 ¦ 박상진
펴낸이 ¦ 염현숙

기획 ¦ 고원효
책임편집 ¦ 송지선
편집 ¦ 허정은 김영옥 고원효
디자인 ¦ 슬기와 민
저작권 ¦ 한문숙 김지영
마케팅 ¦ 정민호 이숙재 정현민 김도윤 안남영
홍보 ¦ 김희숙 김상만 이천희
제작 ¦ 강신은 김동욱 임현식
제작처 ¦ 영신사

펴낸곳 ¦ (주)문학동네
출판등록 ¦ 1993년 10월 22일 제406-2003-000045호
주소 ¦ 10881 경기도 파주시 회동길 210
전자우편 ¦ editor@munhak.com
대표전화 ¦ 031-955-8888
팩스 ¦ 031-955-8855
문의전화 ¦ 031-955-3578(마케팅) / 031-955-2686(편집)
문학동네카페 ¦ http://cafe.naver.com/mhdn
트위터 ¦ @munhakdongne
북클럽문학동네 ¦ http://bookclubmunhak.com
홈페이지 ¦ www.munhak.com

ISBN 978-89-546-3675-9 04880
ISBN 978-89-546-2096-3 (세트)

이 도서의 국립중앙도서관 출판예정도서목록(CIP)은
서지정보유통지원시스템 홈페이지(http://seoji.nl.go.kr)와
국가자료공동목록시스템(http://www.nl.go.kr/kolisnet)에서
이용하실 수 있습니다.
(CIP 제어번호: CIP2015016172)

인문 서가에 꽂힌 작가들

문학과 철학의 경계를 허문 상상의 서가에서
인문 담론과 창작 실험을 매개한 작가들과의 만남

조르주 페렉 선집

★ 어느 미술애호가의 방 ¦ 김호영 옮김
★ 인생사용법 ¦ 김호영 옮김
★ 잠자는 남자 ¦ 조재룡 옮김
★ 겨울여행/어제여행 ¦ 김호영 옮김
★ 생각하기/분류하기 ¦ 이충훈 옮김
공간의 종류들 ¦ 김호영 옮김
어두운 상점 ¦ 조재룡 옮김
나는 기억한다 ¦ 조재룡 옮김
+
나는 기억한다, 훨씬 더 잘 나는 기억한다—
페렉을 위한 노트 ¦ 롤랑 브라쇠르 ¦ 김희진 옮김

레몽 루셀 선집

아프리카의 인상 ¦ 송진석 옮김
로쿠스 솔루스 ¦ 송진석 옮김

레몽 크노 선집

문체연습 ¦ 정혜용 옮김
푸른 꽃 ¦ 정혜용 옮김